KB165034

목련, 그 여자

황금알 시인선 244

목련, 그 여자

초판발행일 | 2022년 5월 25일

지은이 | 강덕심
펴낸곳 | 도서출판 황금알
펴낸이 | 金永馥
주간 | 김영탁
편집실장 | 조경숙
표지디자인 | 칼라박스
주소 | 03088 서울시 종로구 이화장2길 29-3, 104호(동숭동)
전화 | 02)2275-9171
팩스 | 02)2275-9172
이메일 | tibet21@hanmail.net
홈페이지 | http://goldegg21.com
출판등록 | 2003년 03월 26일(제300-2003-230호)

값은 뒤표지에 있습니다.
ISBN 979-11-6815-017-1-03810

목련, 그 여자

강덕심 시집

황금알

| 시인의 말 |

봄 햇살 펴 바른 엽서에
새순으로 총총 심어 줄을 만들고
떨어진 동백꽃 그려 넣어
작고 여린 꽃단지에 이야기를 씁니다.

제 시는
제 주변을 둘러싼
사람들과 꽃과 사물에 보내는
편지입니다.
하루를 위로하며 껐다가 다시 켜는
형광등입니다.
새벽마다 다시 깨는
불면의 꿈입니다.

차 례

1부 4월이 몸을 푼다

2부 봄, 읽다

3부 상처는 늘 꽃으로 피어

4부 빈방

5부 인기척

1부

4월이 몸을 푼다

봄비 1

꽁꽁 동여맨 겨울 편지를 보내고
새 소식을 받으려고
입춘이 뛰어가더니
살며시 봄비 내려놓는다

마른 흙의 입술이 촉촉해지고
여린 싹들의 연초록 볼이 도톰해진다
야윈 저수지에도
속살이 차오르는 봄비
창문에 기대어 차 한 잔 마시는데
마른 잎에 타시락대는 소리가
상큼하다

봄비 그치면
새잎 몇 장 걸쳐 입고
붉은 꽃, 노란 꽃, 흰 꽃,
흐드러지게 피어나겠지

겨우내 얼어붙은 내 가슴에도
파릇파릇한 전류가 흐를 거야

폐교에서

운동장을 누비던 아이들은 어디로 갔을까
맑고 청아한 소리, 반짝이는 눈동자
아이들의 발길이 끊어진 운동장
하품하는 봄 햇살만 하릴없이 피어난 꽃을
배불리 먹고 있다

귀퉁이가 깨진 유리창에
파란 하늘은 아직 그대로인데
연필심에 침 발라 꾹꾹 눌러쓰던 아이들
이 낡고 삐걱이는 복도도 한때는
양초 칠한 추억들이
아이들 웃음과 함께 미끄러졌었지

운동장 가로질러 가는 바람에
비닐봉지가 자꾸 날아가다 뒤집힌다
거북선도 함성도 없는 이순신 장군 동상에 옆으로
무성한 풀꽃들과 나비 몇 마리
흩날리다가 사라진다

첫사랑

어쩌다
습관처럼 찾아온 기억을
하나하나 꽃잎처럼 뜯어 버리기도 했고
뭉게구름에 너의 이름 써서
쓸쓸해진 기억을 발송한 적도 있었지

그래도
너는 벚나무 키만 한 높이에서 찾아와
내게 허공을 마름질하던 그 봄날을 들려주었고
꽃망울 피워 휘파람새를 불렀지
나는 또 그리움에 별빛 헤아리다가
달빛에 발자국 새기며 잠을 설치곤 했어

그렇게
햇빛이 없어도 스스로 붉게 익어가던 내 볼은
첫사랑으로 남고
내가 쓴 문장들 사이로 바람이 불어
씁쓸하게 웃을 때 있었지

저녁이 오는 시간
먼 곳의 집들이 하나둘씩 불을 켜고 있다

12월을 보내며

티브이가 방안에 고여 있던 소리를 켠다
입담 좋은 목소리가 등을 두드리고
씻어낸 그릇 위를 넘나들면
고요한 집을 한참 수다로 채워 놓은
티브이를 끈다

창밖에는 밑동만 남은 느티나무
나이테에 감겨든 세월
등껍질에 내린 단단한 서리가
아직 남은 햇빛에 자지러지는 시간
한 해의 끝자락을 헤아리며 차를 마신다

호미가 봄을 흔들고
여름 나절을 울음으로 수놓던 매미
낫으로 가을을 채집하던 가을날
한없이 발버둥질하던 시간이
먼지가 되어 허공에서 내려앉는다

마음이 머물다 간 한 해의 뒷자락은 늘 젖어있다.

어느 가을날 오후

푸르름이 사라져가는 잔디밭
투명한 햇살이 넉넉한 오후를 어루만져주고 있다

묵묵하게 푸른 잎 가득 채웠던 개쭉나무
이파리 떨구고 한량이 되어 바람을 맞는다

잠자리 몇 마리 허공을 빨갛게 물들이며
담장 너머로 날아가고

베란다에 기대어 공허한 눈빛을 보내는 제라늄
부드럽고 얇은 구름 떼가 옛날처럼 흘러간다

저 구름에 추임새 넣으며
기러기처럼 떠나고 싶다

덤

새벽 3시
핸드폰 노랫소리가 귓구멍을 들락거린다
알람을 끄며 검은 밤 밀실을 밟는다
질끈 묶은 머리 꼬랑지로 달라붙은 잠을 털며
하우스 전등 켠다
아슴아슴 불빛 밟으며 꽃을 가슴으로 품은
붉게 익은 무화과를 딴다
땀 냄새가 숨 가쁜 가슴 속으로 파고들고
흙으로 얼룩진 꽃 장화가 무채색이다

이렇게 살아가야 한다고
이렇게 살다 보면 산다고
헐떡대는 붉은 심장에 파란 꿈 넣으며
진물이 흘러내리는 마음을 다독거린다
질질 끌리는 신발 뒤꿈치에 힘 가두고
무화과 한 알이 중심의 탄력 가질 때
희망 한 상자가 붉게 피워 오른다

뜨거운 햇살이 시간의 중심을 재면

쏟아져 들어오는 주문자의 주소에
경영자 명패가 달린 유기농 스티커 붙이고
환하게 웃는 마음을
덤으로 올려보낸다

4월이 몸을 푼다

산에서 사람을 부른다
예매표 없이 삼삼오오 들고 가는 바구니에
엄나무순, 찔레순, 두릅순, 쑥순 다래순 따 담으며
먼지 가득한 폐에 피톤치드를 넣고
핏기없는 얼굴을 햇살로 마사지하며
낭창낭창 부는 바람에 노랫가락 얹어 놓으면

바구니 가득 봄을 담아와
연한 육질의 순을 씻어내
연초록빛을 구기고 굴리고 볶다 보면
파릇한 사월의 잎이 서로 엉기어
사막의 마른 잎이 될 때
명지바람도 못 드나들도록 밀봉을 한다

바짝 마른 순을 찻잔에 넣어
뜨거운 물로 시간 채우면
죽어있던 연한 육질이 살아나지
현기증 날 정도로 상큼한 봄이
텁텁한 입안에 남실남실 넘나든다

봄비 2

봄이 오는 동안
바람은 얽히고설키었다
토란잎 위를 뒹구는 빗방울

이른 새벽
풀잎의 귀가 쫑긋 서는 소리에 눈을 뜬다
창밖에 내리는 비가 베란다에 튕긴다
이팝나무 꽃 같다

얼었던 땅을 살몃살몃 문지르는 빗소리
푸석대는 귀퉁이를 촉촉하게 적시는 봄비

봄비 그치면
푸르른 옥타브가 한 음쯤 낮은 건반을 두들기며
꽃들이 걸어온다는 소식에

내 마음에도 꽃잎 하나 물어다 줄 봄비를
가슴에 살며시 묻고 있다

지게

동트면 가장 먼저 내게 와 손 내밀었네
늙은 사내의 등은 투박했지만 늘 뜨거웠어
그의 천근 같은 눈물이 나를 업을 때는
내 앞섶에 심장이 멈추는 줄 알았지.
내 무게가 그의 등에서는 늘 삶의 짐이었으니

언제부터인가 그의 투박한 등 냄새를 맡을 수 없었네
푸른빛 도는 봄날, 꽃바람 따라갔는지
새로 덮은 뗏장을 이불 삼아 덮고 자는지
늙은 등의 그 사내는 다시 오지 않았네
그의 딸이 와서 나를 한번 쓰다듬고
꾹꾹 참는 입술 보니 알았네
이젠 다시 그의 등에 업히지 못한다는 걸

달포 전 늘 함께 살던 작대기가
두 동강 나더니 찬 바람에 귀퉁이로 쓸려 갔네
바르게 살라고 충고하며 옆에서 버티며
나를 바로 세워주었던 작대기
아마도 그리움 참지 못하고 그를 따라갔을 것이네

그의 등에 다시 업힐 수 없다는 걸 알아차린 요즘에는
뜨거운 햇살에 내 살도 푸석푸석하고
두 다리도 바람에 닳고 닳아 못 일어나지 싶네
어제는 헐거워진 바랭이가 빗물에 맥을 그만 놔 버렸네
별빛을 지고 오던 내 몸에도
나비 한 마리가 날아들고 있네
빈집을 지키는 나도 오래 버티지 못할 것 같네

빈 들녘

아따 그런 것이 아니랑께
아니 약속을 했는디 우뜨게 그렇게
사람을 다른 디로 그리 빼 돌리믄 쓴당가

들판에 퍼지는 붉은 햇살을
온통 뒤집어쓰고는
얼굴이 점점 붉어지는 아재

전화를 붙잡고 돌고래 입술로 소리친다

뭐, 가시내를 보내준다고?
저 짝이 낮아서 이 짝에 흙을 옮겨야 싼디
가시내를 으짜게 쓴당가
쇠시랑질 못하면 으짤것인디이잉
아따, 그랑께 고것이 안된당께 그랬쌓네이
으뜨케 무장 그 짝을 못 믿게 한당가

앞 언덕은 멀리 보이고
뒤 언덕은 가까운데

뼈와 땀으로 일구어낸 논바닥
점점 얇아지는 다리에 장화를 간신히 신은 아재
이젠 농촌에 일할 사람이 없다는 사실에
아재의 형형하던 눈빛이 점점 캄캄해진다
헐렁한 어깨를 툭 치며 바람이 지나간다

함평 낙지

낙지가 갯벌을 삼키다 보름달 안고 들어오는 밤
도마 위 바닷물을 게워낸 낙지가 마지막 힘을 쓴다
바다로 가겠다고 발판으로 도마를 넘어서며
검은 핏물을 줏대 있게 쏟아낸다

허공을 가르며 형광 불빛에 반짝 스친 칼날이
낙지를 향해 난도질한다
낙지의 끊어진 다리가 사방으로 기어나간다
육체의 죽음을 받아들일 수 없다는
몸의 의지는 거세고 힘차다
죽은 정신이라도 이끌고
개펄로 돌아가겠다는 듯

마지막 파도를 기억하는 낙지의 머리가
뜨거운 냄비에 붉은 꽃으로 피어난다
얼굴 잃은 여덟 발가락이 바다를 버린다
접시 위 주름치마를 가진 배추 두 잎 펼치며
기진맥진한 낙지 위를 위로하듯
발판만 남은 낙지를 무대에 올리고

갯물 대신 참기름을 상처 위를 발라준다

상 앞에 마디 없는 낙지가 술과 함께 오고
혀 속으로 발판을 넣고 단물이 날 때까지
씹어 돌리는 밤
소주를 목구멍으로 밀어 넣으면
보름달이 휘청휘청 소나무에 앉아 있다
낙지가 게워놓은 먹물로 밤은 더 어두워진다

세탁기를 돌리며

어제의 발걸음도 지구를 도는 일일 것이다

그 발걸음이 내팽개쳐진 채
먼지가 덤으로 앉고 널브러진 영혼들
눅눅해진 어제를 한 아름 안고
뚜껑 열고 막 엉킨 하루를 풀어 놓으면
맴도는 하늘에 구름 몇 오라기 떠 있지

사는 것이 그냥 이렇게
미처 헹궈지지 않은 불안까지 밀어 넣고
한 세상 탈탈거리며 돌려본다
울컥대는 간에 소주를 부어 주고
발걸음에 채인 낱말을 되돌리면
그 속에서 너와 내가 웃던 꽃향기
상큼하게 번지는 향기를 한 아름 안고서
오늘 하루의 고단함을
위로하듯 품에 안고서

어제의 얼룩진 역사와 허무한 이야기를

세탁기에 넣고
오늘의 내 허물까지 덤으로 돌려보면

뽀송뽀송한 내일은 찬란하리라

늦가을 경내가 환하다

드센 바람 드나드는 부처님 앞마당에
은행잎 모여들어 바람이 불경을 읽으면
부처님께 합장하고 발아래 엎드린다

스님이 심었다는 국화 향이 문지방을 넘나들고
독경 소리 들으며 자란 국화꽃이
풍경 따라 흔들리며 경내를 밝힌다
벌, 나비에게 하염없이 봉양하며 웃는 꽃

문설주에 햇살을 비비고 앉았는데
눈웃음 가득 채운 스님
국화차를 내어온다
비워내는 인생의 마디마디가 노송나무 뿌리 같다며
국화 꽃잎이 찻잔에 퍼질 때
스님의 말씀을 꽃잎에 얹어 마신다

먼 산등성이 바라보니
갈참나무 가지가 허공 떠안고 바람을 연주한다
문설주 옆 마당 한켠

푸른 잎 남실대는 꽃무릇이 낭창낭창 웃으며
얼굴을 햇살에 비빈다
꽃의 무자진경無字眞經이다.

그래서 부부로 산다

열이 펄펄 끓는다
뚜껑이 있다면 활화산처럼 넘쳐 흐르기라도 하라고
열어놓고 싶다
귓구멍에다 송곳을 쑤시며 약 좀 사다주라고 한다
끓다 만 몸을 외로 꼬며 시간을 재본다
햇살은 중천을 가리킨다
울화통이 치밀어 오른다
온몸으로 퍼지는 열을 방바닥에 가두어 놓고
감각 무소식이 가슴 한복판으로 가스 불을 놓는다
명치 끝으로 용광로가 치솟아 올라 머리가 빙빙 돈다
이불이 땀방울 삼킨다
얼굴에 주름살이 얽힌다
눈가에 그렁그렁 눈물을 달고

꽃길만 걷자
웃음만 웃자
생각하던 날이 있었지
살아온 시간을
몽땅 집어다가 시궁창에 넣으며

하염없이 욕설 내뱉으며
기다리다 지쳐 차의 시동 건다

저만치
약봉지, 파스, 콜라, 내가 좋아하는 통닭을
수다스럽게 들고서
그쪽 편이었던 사람이 한량을 어깨에 메고
내 편으로 오고 있다

질경이

한적한 마을 뒷길
짓밟혀 반쯤 떨어져 나간 이파리
그 흔적을 고스란히 안고
저 햇빛에 상처 난 얼굴로
바람에 흔들리며
꽃대 올리는 질경이

자신에게 묻는다
누구를 짓밟아놓고
아무 일도 없는 것처럼
얼굴에 두꺼운 가면을 쓰고
허울 좋게 웃으며 살고 있지 않냐고

지나치다 뒤돌아서서
한참을 뚫어지게 보다
짓밟힌 아픔보다
짓밟아 후회스러운 날이 많아
자꾸만 눈에 밟힌 질경이

2부

봄, 읽다

봄, 읽다

하늘을 열고 봄이 오고 있다

빗방울이 마른 땅을 두드리자
땅도 화답하듯 연한 초록빛 얼굴이
들판에 산에 돋아나고 있다

눈 부신 햇살은 여기저기 헤집으며 깨운다
바람도 느긋한 마음으로 살랑살랑
두꺼운 외투를 벗어 던지라 한다
구름 몇 송이가 파란 하늘로
정처 없는 발걸음을 옮기기 시작한다

새집 근처에 싱그러운 노랫소리가
나비 날개에 음표의 무늬로 들어박힌다

새파란 새잎들이 들썩이고
도드라진 입술마다 꽃을 내미는 시간
봄이 암팡지게 붓을 움직여
푸르고 싱싱한 수채화를 그린다

나도 느릿느릿 호미를 들 준비한다

기다리지 마라

기다리지 마라
그대를 사랑했던 사람도 머물고 싶었을 저녁
사랑했어도 떠나야 했던 그 사람인 것을
헤어지는 일은 붉은 가슴을 도려내는 일이다
한 번 떨어진 꽃잎을 다시 붙이지 못하듯이
마음까지 떠난 사람은 되돌아오지 않는다

사랑했다면 사랑했던 순간들을
우물 같은 가슴 속에
예쁜 그림 한 장 추억으로 남겨놓고

기다리지 마라
세월이 지나 먼 훗날 추억의 필름을 되돌려보면
이보다 아름다운 기억이 없다는 것을
알 수 있을 것이다

약속

네거리 모퉁이 다방
인조로 만든 장미꽃다발 옆에 사내가 앉았다
나비 몇 마리 품고
고리 잡아 뭉텅뭉텅 겹 개어진 커튼 앞
옻칠이 반쯤 벗겨진 탁자 밑을
늦은 햇살이 적시고 있다

정마담이 연신 하품하며 온몸 비틀 때마다
약속한 그녀 몸이 생각난다
비릿한 그녀의 살 냄새가 물잔을 흔들 때마다
사내는 꿀꺽 한 모금씩 천천히 마신다

사내가 주섬주섬 시간을 잴 때마다
기다림은 먼지가 되어 쌓이고
찻잔은 시든다
사내의 축 처진 어깨가
다방 모서리 어둠을 끌고 일어선다

네거리로 모여드는 저녁의 어둠

사내의 아스팔트를 걸어가고 있다
긴 목을 꺾은 가로등이 졸리는 눈빛으로
아직도 누군가를 기다리고 있다

텃밭에서

냉이를
크지 말라 하겠냐
쑥부쟁이를
크지 말라 하겠냐

엷은 햇살 날름날름 먹는 너희를
명지바람에 잎 비비는 너희를
입술 활짝 벌리며 웃고 있는 너희를

호미 들고 서서 캐내지 못하고
손가락에 실핏줄 세우며 폈다 오므리면서
텃밭에서 실랑이한다

호미로 풀을 매다가
뿌리내린 목숨들을 뽑아 버리는 내가
자꾸 미안해지는 오후

풍경에 놀다

이른 봄비 그친 후
뒤꿈치를 가볍게 올리며 현관문을 나선다

허리춤 풀어버린 바람이 나긋나긋하다
빗줄기를 끌어안은 땅은 부피를 늘리고
깊은 땅속의 뿌리는 하얀 수염 단단히 여미고 있으리라
푸른 잎을 갈아입은 잔디밭에 봄이 돋아난다
집 모퉁이엔 목련이 햇빛을 핥고
어느 밤에 실핏줄이 환한 꽃망울 터트려낼지
이제 막 봄은 햇볕의 실로폰을 낮게 두드리며 지나간다
꽃향기 따라 흩어졌다 모이는 나비들, 봄은
허공의 경계를 허물며 푸른 하늘에 뭉게구름을 박음질
한다.

푸른 물결이 흔들리며 여름을 데리고 오리라
나무들이 계곡마다 푸른 잎들로 드리우며 안개를 올
리고
산등성이가 그늘을 만들어 하늘을 바짝 들어 올리겠지.

입가에 흥얼흥얼 옥타브 올리며 걷는 봄길

오월

푸른 잎이 창가에서 이파리 두드리고
간질거리는 봄바람이 대문을 넘는다

햇살은 담장에서 놀다 풀잎을 간지럽히고
푸른 산에 걸터앉은 구름도 낭창낭창하다

강아지도 좋은지 잔디밭 뒹굴다가
꼬리에 붙은 햇살을 둥글게 말며 뛰어다닌다

나비 꽃물 날라 향기를 터트리는 꽃
새소리 어깨에 걸치고 들길을 걷는다

촘촘히 그물 친 모내기 논
스멀스멀 아지랑이가 산기슭을 흔든다

포장마차

뒤통수가 아리게 누군가 보고 싶다면
광주 천변 포장마차를 들를 일이다

주인이 빨간 립스틱 바른 입술로 실실대며
반쯤 열린 가슴에 백열등처럼 흔들리는 사랑을 얹고
빈 술병이 구석에 쌓여 휘파람 소리를 내는

꼬챙이에 찔린 오뎅과 온몸 비틀며 구워지는 꼼장어
닭장 안에서만 맴돌았을 닭발을 보며
마신 술보다 흘려버린 술이 절반인 우리 삶
포장을 밀치고 들어오는 또 한 명의 허기를
지긋이 바라보며

누군가 멀미 나도록 보고 싶다면
눈빛 맑은 소주잔에 철철 넘치도록 그리움을 담아
외로워진 마음까지도 마셔볼 일이다

봄 강가에서

하늘을 품고 있는 호수는 맑디맑았다
갈대가 물속에서도 마른 목울대 꺾고
잡목 우거진 숲에선 새소리가
휘어져 가는 금빛 물결 어루만진다
명지바람에 일렁이는 강물 위로
봄을 보는 눈빛 얹어 놓으면
언덕바지 덤불 속 푸른 빛 반짝이고
햇살을 먼저 입은 큰개불알꽃이
하늘하늘 웃는다

봄이 마른버짐 벗으며
오고 있다

매미

태풍이 찾아 든 거리는 간판도 숨을 죽인다
속도 잃은 빗물이 날카롭게 때리는 13층

넓적다리와 더듬이로 바람을 견디며
삶의 경계선을 부여잡고 있는 매미

애끓은 생명 하나 방충망에 매달려
세상에 흩어진 울음들을 끌어모은다

티브이가 내려놓은 신발 하나의 뉴스
껍질만 남기고 투신한 어느 사내의 이야기가
목울대까지 올라오는 뜨거운 시간

어쭙잖게 오늘을 살고 있다고
투덜거리던 말
목구멍으로 밀어 넣는다

어머니의 글밭

어머니는 호미를 던지자마자
밥상을 끌어 앉더니 글밭을 일구기 시작한다
꾹꾹 누르며 쓰기 시작한 밭에
붉은 매화, 산수유, 제비꽃, 봉선화
좋아하는 꽃을 따라 쓸 때마다
하얀 이가 함박꽃 되어 활짝 핀다

밑줄 그어진 칸 위로
구불구불 능선을 그리다가
밑줄 아래 칸을 넘나들 때는
오리 입을 한 뼘 내밀고서
웅얼웅얼 옹알이한다

삐뚤삐뚤한 새싹들이 돋아난 노트
그림 같은 글씨로 밭에 일구고
땀을 닦는 어머니 환한 얼굴

어느 날 어머니는
잊지 못한 꿈을 적어서 보여주었다

취미는 농사일
하고 싶은 것은 공부
가고 싶은 곳은 친정

어머니 생각에 눈물 그렁그렁 맺히는 날

파리

날개 있는 벌레가 날개 없는 집에 들어왔다

텔레비전 앞에 다리 뻗은 나를 깔고 앉는다
뒷다리로 날개를 단정하게 빗을 때
내 예민한 신경이 털을 바짝 세우며 털어본다

까칠한 느낌이 싫었던지
불만 가득한 머리 조아리다 날아올라
여기저기 맛보고 염탐하고는
온기 가득한 밥통 표면을 보듬고
목탁을 두들기는 시간

나는 파리채 잡는다
독이 오른 눈빛을 쏘며
파리보다 더 납작 엎드려서
표면에 닿을 면과 각도를 재고 정조준한다
머리 연신 조아리며 두 손을 비비는 파리
숨을 참으며 타악!
짧은 음이 울린다

한 생을 마감한 파리
화장지로 봉분 만들어준다

호미

아귀가 닳고 닳은 호미 한 자루
냉기 품은 남새밭 귀퉁이에 버려진 채
녹슨 세월 입고 있다

이빨이 닳아져 헐렁헐렁해진 호미가 버려지던 날
관절염 앓은 손은 밤마다 앓은 소리 내뱉었다

한평생 밭고랑을 매던 여자의 몸이
호미처럼 휘어지면서
바람이 들락거리고 밤이슬 내렸다

굽어가는 손가락으로 녹슨 호미를 잡고
휘어진 허리 두드리며 봄을 솎아내던 할머니

영정사진에 들어가서도
무딘 호미로 그곳의 텃밭을 일구고 있을까

큰개불알꽃

언덕배기에 작은 풀꽃 세상이 열리고 있어요
무릎 사이로 낮게 엎드려 얼굴 밀어 넣고
눈빛을 꽃들에게 띄워보지요

덤불 속에 숨어 살다 빼꼼 내민 잎 하나
명지바람이 툭, 건드리자
한들한들 웃는 큰개불알꽃
덜 익은 봄볕을 부드럽게 펴 바르고
연초록빛인 듯 보랏빛인 듯
앙증맞은 꽃잎 네 개가 파릇파릇 웃고 있어요
검정 꽃술 두 대가 사랑을 장전하고
여기저기 날아다니는 나비에게 쏘고 있어요

싱글대듯 방긋대듯 웃는 꽃들 사이로
강아지풀 몇이 징검다리 놓고
개미 떼가 꽃들 향해 기어가는 길목

허리가 뻐근하도록 고개 숙여 보는 봄날
몸집도 작은데 이름만 거창한
큰개불알꽃

네모에 갇히다 -미술관에서

네모난 공간 따라 들어가는 길
미끄러지듯 발 옮긴다
둥그런 얼굴로 달착지근한 눈빛 쏘며
입 가리고 하품하는 여자를 지나간다
붉은 입술 말아서 감탄사 살짝 내밀며
표구된 네모 틀 속에 고개를 끄덕여본다

네모가 마주 보는 곳에는 항상 네모가 서 있다
벽을 채운 벽도 네모, 반대편도 네모다
네모난 천장을 머리에 이고
네모난 바닥을 발로 딛고 선다
큰 네모 틀에 작은 네모들이 모여
또 하나의 네모난 그림을 만들고

네모를 갈라놓은 건
네모 틀 안의 그림
오르막과 내리막, 곡선과 직선
색감들의 이야기 그리고
시야를 가린 앞사람의 동그란 뒤통수

미술관에서 갇힌 네모들을 보고 있다
나도 네모 틀 안에 갇힌 걸 모른 채

혀

그 남자의 혀에는
방울뱀 꼬리가 살아요

혀가 춤을 출 때는
달콤한 말의 향기를 뿌려놓고

내 혀를 품어줄 땐 구름 위에서 놀기도 하죠
부드러운 솜사탕 맛이 나거든요

너무 깊게 빨다 보면 치명적인 독이 퍼져요
등걸보다 더 앙상한 뼈대만 남고 죽기도 하지요

오늘 어때요
혀에서부터 항문까지 썩을 의향은

3부

상처는 늘 꽃으로 피어

독사를 만나다

1

영역을 침범당한 눈초리는 서로를 팽팽하게 잡는다

대가리를 쳐들며 경계의 자세로 쏘아보는 눈빛 뜨겁다
방울 무늬 어두운 옷 입고 혀를 날름거리며
고요한 수풀을 이리저리 휘젓는 욕망의 꿈틀거림
똬리를 풀어 영역을 확인한다

독으로 무장한 이빨은 보이지 않는데
어둠을 응시하던 눈빛 간절하다
내 생과 당신의 생이 다르니
건들지 말고 조용히 이곳을 떠나라고

2
독을 품고 사는 여자가 있다

산다는 일이 천 근의 무게를 지닐 때면

더 독해져야 한다고 말하던 여자
손님과 싸울 때는 말 한마디 못하고
조용히 눈 감고 울분을 목울대로 삼키며
붉은 입술만 파르르 떨던 주인 여자
가슴 어디쯤 독하나 품고 살다가 딱 한 번
독을 쏘고 싶다고 말하는 그 여자가
나를 붙잡고 신세 한탄한다
치사량의 독이 입속에 들어 있다

구절초

번지 없는 산기슭에 피었지
풀 비린내 사그라드는 공간을
새파란 잎으로 수놓는 구절초

실뿌리가 밀어 올린
가느다란 몸 세워
암술에 하늘빛 살며시 얹고
꽃잎 터트려
멀리까지 번지는 웃음

가을 하늘은 더욱 높아져서
양떼구름 밟으며 걷는데
늦게 온 편지처럼
몇 송이 꽃의 사연

민들레

미세먼지 가득한 육교 위
시멘트 틈 작은 흙을 붙잡느라
실뿌리는 마디마디 옹이를 박았으리라

매연이 스칠 때마다 쿨럭이다가도
힘껏 뻗쳐 든 잎사귀가 초록을 물고 있다

멀리서 날던 나비가
육교 위 소식 궁금했는지
안부를 물으러 왔다가 입 맞추며
씨방 터트리면 저 건너에
좋은 집 지을 수 있다고 날갯짓한다

거칠고 메마른 도시는
상처 난 아스팔트를 민들레꽃으로 치유한다

빈집

빈집에는 멀어진 마음들이 살고 있다

기다리다 지쳐 녹슨 철문을 열면
누군가 살다 떠난 마당에 도란도란 남은 목소리들
먼지 쓴 장독대가 입을 다물고
툇마루 모퉁이 그림자도 없는 지게가
세월을 헐렁하고 걸치고
녹슨 호미의 관절염 앓은 손잡이 누렇다
툇마루에 깔린 먼지를 보며
자꾸만 창호지가 눈물을 끄집어낸다

늘어진 빨랫줄에 바람이 몸을 걸치고
입 벌린 빨래집게는 흙을 깔고 누워있다
돌담 사이로 삐죽이 내민 풀꽃들
푸른 입술이 도란도란 옛이야기 건넬 때
금 간 유리창에 햇빛이 반짝이다가
뒤란으로 사라진다

그림자마저 빗장 걸어둔 빈집
구름이 다독이며 지나가고 있다

나무 솟대 -새

너는 어디서 왔어?

생을 마감한 나무는 나이테에 눈물을 새기며
바람이 놀고 간 자리, 햇살로 덮는다
빗물을 받거나 벌레들을 키우는 하루하루

산을 놓고 집으로 온 옹이

삐죽삐죽 나온 뼈를 자른다
환끌이 움직일 때마다 시간이 흐르고
톱밥을 게우고 게워 옹이의 뼈가 쌓인다

번지 없던 나무가
빽빽하게 이어진 돌담 끝 집에
나무 솟대로 앉았다

소리 없는 날갯짓이 들린다
퍼덕이는 새의 부리가 햇살에 반짝인다
생전의 기억일까
솟대는 하늘 끝으로 꽃망울을 밀어낸다

아래층 여자

고요와 팽팽하게 맞서는 날은 고독도 즐기려 든다
누가 이기나 지나를 놓고 한참 실랑이도 한다
긴장을 내려놓고 고요를 발로 밀치며 걷을 때는,
최상의 집이라 여긴다
잠이 들 때면 이불을 차고 고요를 덮고 잘 때
꿀잠이기도 하다

어느 날, 고요를 뚝 분지르며 들어오는 위층 세입자
아래층과 위층 사이를 점령하더니
고요를 싹싹 쓸어서 쓰레기통에 넣고는
보란 듯이 소리를 냅다 지르며 뭉개 버린다

가슴 속 뜨거운 분화구가 열린다

위층 현관문 열고
고요로 찾아달라고 까칠한 눈빛을 쏘고 와
오른쪽 갈비를 바닥에 밀착시키고
왼쪽 벽을 안고 고요를 찾을 때면
어둠과 햇빛의 경계를 무너뜨리고 싶어진다

아버지의 손톱

삼각배미 논 일구느라
아버지 손에서는 손톱도 자라지 않았다

쉰 새벽을 옷깃으로 털어내고
아침 햇살 등짐처럼 지고
지게 위에 노을 지고 걸어올 때
마을의 개들이 모두 짖어대던

하얀 박꽃처럼 웃는 새끼들 입에
이팝나무꽃 가득 채워주려고
사시사철 손톱 아래 때가 빠지지 않던
아버지
보고 싶다

마지막에야 깎아드렸던
아버지의 손톱
아버지에게서 떨어져 나간 것들이
세상에 수북하다

쑥차

물 끓은 소리가 집 안을 흔든다

어슬렁거리던 겨울이 맥 놓은 시간
반짝거리는 봄 햇살을 업고 언덕에 앉는다

마른풀 아래 낮게 낮게 앉아서
햇살 머금고 있는 쑥 하나 뜯어
겨울옷 벗기고 가벼운 봄 입힌다

아삭아삭한 쑥 한 소쿠리

한 꼭지 떼어 뜨거운 물 부을 때
마른 잎이 몸 풀며 내놓은
아늑한 봄소식
손가락에 검푸른 쑥물이 든다

입술

분홍색을 입기도 하지만 빨강 색을 더 자주 입지
어쩌다 갈색을 입기도 하고
검정을 입을 때는 매혹적인 마법사 같아

마음의 상처가 쓰리다고 했더니 귓불을 두드리며
꽃잎 한 장 살며시 내려놓은 거 있지

왼쪽이 살짝 처지고 주름살 몇 개 올리며 앙다물 때는
조심해야 해, 귀엽기도 하지만 무섭기도 하거든

만삭이 된 달 덩어리 그릴 때 자세히 봐
그 안에 지느러미로 공기층을 만들어
누군가를 유혹할 때가 있어

부르튼 모습으로 목말라 갈망할 때는
턱까지 부르르 떠는 희망이 봄동잎처럼 반짝이지

길

젊은이가 길을 묻는다
노신사는 손가락 끝에 걸려
구부러진 길을 가리킨다

주름살만큼 그려지는 길은
험준한 산길이 되었다가
평범한 능선이 되었다가
구부러진 길이 되기도 한다
길 위로 햇살이 넘치기도 하고
향기가 흩어지기도 했으며
흐느껴 우는 비바람 때문에
꽃이 시든 이유도 알았다고 한다

누군가는 그 길 위로
젖은 삶도 흐르고 있다고
길 위에 길이 쓰러져 더 큰 길이 된다

풀꽃 2

"한 번 봐봐
억센 바람에도 짱짱하니 뿌리박고
탱글탱글 올라오는 저것들이
여기저기 꽃봉오리 내밀면서
어찌나 벙글벙글 대는지
내 코가 시방 벌렁벌렁 하당께"

햇볕 드는 대청마루에
엉덩이 엉거주춤 걸치더니
마당 가 잡동사니 풀꽃에 눈을 주며
주름진 입술로
속닥속닥 봄 읽는 소리를 내며
팔순 노모가 웃는다

노모 따라
배시시 배시시 웃는 나
봄꽃보다 히죽히죽
바보처럼 웃는 나

상처는 늘 꽃으로 피어

물이 머리를 쓸어준다
등으로 물줄기가 길을 만든다

두들기는 빗물을 받아 때밀이로 밀면
떨어지지 못한 상처가 목구멍에 아리다
아린 가슴으로 와닿는 물줄기
상처 난 꽃잎이 발끝으로 사라진다

한 송이 꽃잎이 사그라진 뒤
씨앗을 맺어야 할 자리에 허공만 가득 찼다
냉기가 가득한 곳이지만
고래 힘줄 같은 맥박으로 뛰어
새 생명을 갖는
꽃 단지는 그렇게 생겨나는 것

내 분신의 꽃이 지워지던 날
아픈 상처는 저 깊숙이 숨 쉬는데
작은 흐느낌이 물속으로 빠르게 내려간다
그래, 세상 모든 꽃은 상처에서 태어난다

몽돌

정처 없이 발길 움직여
닻을 내린 고흥
밤 바닷가

온몸 밀물에 감아올리더니
썰물에 풀어놓으며
쫘르르 쫘르르
호두 두 알 서로 섞는 소리

소리가 검은 밤을 뚫고 귓밥에 앉는다

헤어지지 못한 꽃 한 송이 그리워
온밤을 뒤척이는 꿈

바다는 멀리 달아나 버리고
해소 기침 끓는 소리로 남은 물살이
허무한 약속처럼 씻어내리는
몽돌

미용실에서

미용실 간판이 돌면
멀리 살고 있던 삶들이 들어온다
거부감도, 낯섦도 내려놓은 시간
분무기 물이 머리카락에 이슬처럼 내려앉고
담 너머 숙이네 집 숟가락이 하나 더 얹었다는 말과
멀리 떠난 금자네 소식이 귀에 앉는다
핀 꼽은 머리카락에 대롱대롱 꽃이 열리면
앞집 아저씨 이야기가 머리카락 타고 줄줄 흘러내린다
에어프라이어에 나온 뜨거운 군고구마 베어 물면
동네의 하루가 뭉텅뭉텅 잘려나가기도 하고 볶아지기도 한다.
머리 위 동글동글 말아진 꽃을 떼고
온수 물이 머리를 빗고 나면
드문드문해진 이야기도 너무 자주 만져 말랑해진다
뽀글뽀글한 머리 위에서 다시 돌고 돌아
마실 나간 이야기들이 말려지고
서로의 낯선 귓불에 소문 하나씩 장착하고
모른 척 시치미 떼며 거울 속 얼굴 들려다 보는 사람들
전기난로를 달구던 주전자가 식어가자

미용실 간판을 끄는 그녀의 손가락에서
수다가 뚝 끊어진다
이야기의 유효기간은 다시 내일로 이어진다

철새 떼

햇살도 무디어가는 늦은 오후
푸른 빛 무성했던 들녘은 야위어 가고
헐벗은 나뭇가지가 햇살 핥으며 분주한데
푸른 하늘 아래로
철새 떼가 겨울을 물고 날아간다

ㄱ자로 허공을 수놓으며 오다가
ㄴ자로 방향을 틀어 동쪽을 두들겨보더니
ㅅ자로 기수를 바로 세워
바람을 헤치며 가는 길

바람에 묻혀 멀어져 갔다가 다시 몰려오는 듯
날아가는 철새 떼, 깃털 몇 오라기를 떨구고
떠나가는 저 비정규직, 혹은 이주노동자들이여
차가워지는 겨울, 따스한 곳을 찾아서
어디론가 날아가고 있다

맨 앞에 선 철새가 방향을 바꿀 때마다
휘어진 군무가 노을 속에서 타올라
구름이 출렁인다

4부

빈방

약력

약력을 써넣어 보내라고 이메일 받았다
오십 평생 살아왔으니 쓸 것도 많겠지

해마다 열매를 매달던 무화과나무
붉게 피는 속살에 끈적한 눈물

나이테마다 심줄 박아놓으며
발바닥에 굳은살 박히도록 살았다

봄에 담근 간장처럼 까맣게 속 타들어 간 마음
살면서 부글부글 속만 끓이던 장독 같은 삶이지만
아직도 꿈 하나 품고 달려가고 있다고,
비명쯤이야 항아리 같은 가슴 안에 품고 살 수 있다고,

줄무늬 없는 공책을 채우고도 남을 줄 알았는데
막상 쓸 것이 단 한 줄도 없다

오솔길

마른 낙엽 쌓여있다

가지 사이 비집고 온 햇살이
조각난 낙엽의 얼굴을
닦아내고 있다

바람결에
부끄러운 듯 허전한 듯
살몃살몃 흔들리며

오순도순
마른 등 서로 기대며

초가을 밤

앙칼지다
검은 뒤뜰에 앉아
자근자근 노래의 깃발을 올린 귀뚜라미가
초가을을 알린다

귀뚜라미 소리 깔고 누워본다
나도 언제 저렇게 울어본 적 있었던가
날개를 바스락거리며 출처도 인용도 없는
기나긴 밤의 낡은 책을 읽어가면서
머리, 가슴, 배로 나누어지는 내 몸 어디에
울음통이 있는 것인지
단단한 벽에 날개를 비벼 노래할 수도 있지만
나만큼 외로운 영혼이 또 이 밤에 있어
무뎌가는 더듬이에 잡힌다

화분에 심어 놓은 여름도 가고
귀뚜라미들이 시커멓게 모여드는 가을이다
검은 망토 걸친 눈으로 사방을 훑다가
한숨을 허공에 올려놓고

쓴 내 나는 침을 입술에 묻힌다

가을밤
창문 두들기는 울음소리
귀뚜라미가 나를 깨운다

고향집

조릿대 우거진 좁은 길
희미한 인기척에도 고샅까지 들리는
컹컹컹 개 짖는 소리
바람만 드나드는 대문 없는 집에
천근쯤 되는 발을 집어넣는다

토방 아래 하얀 고무신 한 켤레
비스듬히 앉아 그리움을 먹고 있다
어머니 발을 들어 토방 끝 모서리에 올려놓는다
녹이 핀 문고리를 세월이 붙잡고 있어
축축한 눈물로 방문 열자
뒤틀린 문짝이 뒤뚱거리며 열린다

눈빛만 봐도 까르르 웃던, 표정 몇 개
구멍 뚫린 뒷문 창호지로 우르르 빠져나간다
짙푸른 대숲 너머 노을의 그을음이
까맣게 내려앉는 부엌 아궁이에 앉아서
삭정이 부러뜨리면서 슬픔을 삭히던 어머니가
부스스 일어설 듯한데

이빨 빠진 돌담에 내려앉은 나비 한 쌍이
헐렁한 옛집에 수채화를 그리고 있다

청중평가단원

사방이 검은 커튼을 두릅니다
고요가 그 위에 살짝 깔고 앉습니다
그는 천천히 눈을 감습니다
검은 하늘에 별빛이 반짝 빛을 발합니다
아주 낮게 그가 입술을 움직여 노래를 부릅니다
달빛이 약간 외로 꼬고 앉더니 미소를 보내줍니다
고요한 밤의 실루엣을 살몃살몃 노래가 밟고 있습니다
어둠도 묵묵히 그에 음성에 젖어 듭니다
난 살짝 그의 어깨에 기대어 봅니다
낮은 별빛 노래가 나를 휘감고 활짝 피어오릅니다
노래 꽃을 피워낸 그가 하얗게 웃습니다
청중평가단원은 한 사람이었지만
밤바다에 빠진 수많은 풀잎이
일제히 기립박수를 보냅니다
바람도 제 몸의 현을 뜯어 연주합니다

그렇게 사랑을 하루 더 보탭니다

목련, 그 여자

달빛도 없는 밤

하얀 면사포 쓰고
꽃잎 말아 올리듯 순한 속눈썹
꽃망울이 터지는 소리
수화기 너머로
울음이 밀려왔다

가지 끝에서 홀로 오랫동안 흔들리다
바람결에 저를 놓아버리고 싶다는
몽골의 초원
그 어디에서 시집온 그녀
꿈마다 고향을 헤매는지 잠꼬대가
가늘게 이어지는 봄밤

여린 불빛 가로등 옆에서
목련이 진다

솜털 보송한 꽃눈이 진다

다 안다는 나이지만

대나무 비비는 소리 사락사락
창문 틈을 비집고 앉으면

오래된 레코드판 같은
달을 틀어 놓아도 허전하고
동공 속에 별을 가득 채워도
외롭다

다 안다는 나이지만

오늘 밤에는
삶의 굴레 벗어 버리고
마른 풀잎에 내리는 이슬처럼
너에게 은은하게 안겨
살며시 젖고 싶은

쥐불놀이

몇 명이 붉은 불빛을 돌리기 시작한다
불꽃 통이 먼 곳 별빛을 길어 올리면서
달빛마저 당기려고 빙글빙글 돈다

불꽃 통을 돌리면 돌릴수록
구심력이 둥그런 불꽃을 그리고
불의 기세가 좋을수록 어둠이 움찔하면서
단단한 밤의 허공이 허물어지는 붉은 꿈

불타는 궤도의 끝자락에서
너를 끌어오고
궤도의 반대 끝자락에서
나를 끌어내어
당기고 또 당기다 보면
불꽃이 맞닿은 지점에서 만나
우리 마음을 포갤 수 있을까

달빛 그림자 옆에
불꽃이 또 하나의 그림자를 만들고

저녁 바닷가

썰물에 온몸 드러내놓고 있는 갯벌
작은 게 구멍에 노을이 물을 잡고 채웠다 줄였다
놀아주는 중이다
진흙빛 게 등에도 노을이 붙어
집 찾아가는 길목
붉은 꽃등이 좀 더 빠르게 움직인다

생계의 질퍽한 속을 앞에 두고
갯벌에 발 담그고 허리 구부려
함께 개흙 되어가는 여자
여자의 보이지 않는 정강이
자신의 삶 꺼내기 위해 갯벌을 파헤치는
날마다 가슴에 썰물 지는 저 여자

밀물이 노을 안고
잠방잠방 밀며 들어오는 길목
늙은 삭신이 생업을 매고 노을 밟으면
지평선보다 더 가까운 수평선의 해
점점 짧아지는 모습에 발걸음 휘청댄다

마음의 수레바퀴를 열댓쯤 보내고
한숨처럼 깔리는 어둠 속에서
그래도 별이 내리기 전 고된 휘파람 하나
하늘에 날려보는 저 여자

사랑은

창백한 표정이었다가
세상을 다 가진 미소였다가
나비처럼 곡선으로 날다가
벌처럼 직선으로 날아오는

어둠이 되기도 하고
어둠 밝히는 달빛이기도 하고
거친 태풍이 되었다가
뜨거운 햇볕이 되기도 하는

사랑은
너와 내가 우주를 만드는 일이다

봄 배달

철새 떼 한 무리 떠나간 후
문을 살짝 열고 창가에 앉아 봅니다

뒤뜰에서 들려오는 노랫소리 높아지고
햇살 바른 잔디밭은 초롱초롱한 눈빛입니다

마른 옷 벗고 푸른 옷 갈아입는 마당가 개죽나무
바람결에 새색시 옷소매 같은 이파리
살짝살짝 들춥니다

눈부시게 맑은 하늘에서 날아오는 나비 한 마리
곁눈으로도 미처 읽지 못한 꽃술에
맨발로 서봅니다

봄은 트럭에 푸름을 가득 싣고 와서
나른하고 달콤한 향을 가득 부어놓습니다

책장 앞에서

전등을 켠다
고요가 슬그머니 물러난 자리
거기 별빛들의 이름이
한 권 한 권 진열되어 꽂혀 있다
그들 앞에 서면 늘 숙연해진다

책들은 제 몸피를 불리거나 늘리지 않고
몇 장의 파본도 버리지 않아 자신의 무게를 견딘다
때로는 난해한 문장들을 속독으로 읽을 수도
손에 침 발라 넘길 수도 없었지만

수만 개 단어를 채집하고 끄집어내어
바다와 산을 나누고 길과 집을 만들어냈다
하늘에는 해와 달 사이에 책갈피처럼 별빛을 꽂아두었으니
세상을 움직이는 언어들이 책장 안에서 꿈틀대며
책벌레처럼 기어 나온다
상상의 나래를 심어 봄 여름 가을과 겨울
삼백육십오 일이 운행하고

더 커진 단어가 모여 탄탄한 근육질의 책표지를 만들었으니

나는 오늘도 부동자세로 앉아서
그 책에 내 이름 몇 자를 적어본다
책장보다 내가 더 늙어버린 저녁
허기진 마음을 채우러
첫 페이지 접으면서 책을 넘기기 시작한다

11월

가을바람이 11월을 데리고 왔다
하늘은 더 깊고 높아졌으며
구름 몇 조각에 업혀 들려오는 새소리
차가워진 바람결에 옷깃 끌어 올린다
쟁쟁하던 푸른 잎들이 오색물감을 갈아입고
몇몇은 허공 속으로 바짝 구운 낙엽을 떨군다
낙엽이 서로에게 기대어 몸 비비며 귀퉁이 찾아들고
발바닥에 낙엽 부서지는 소리가
가을 밀며 겨울을 끌어당기고 있다
가을이 다 가기 전에 미처 태우지 못한 엽서를 뒤적이며
눈가에 내려앉는 이름들을 훑어본다
칭칭 감겨 올라오는 구절초 향기
햇살에 물비늘 입고 흔들리는 은빛 갈대
징검다리 건너 저 들녘으로 흐르는 찬바람이
마른 풀잎 달래며 눕는 시간에도
남은 햇빛이 쏟아져 들어가 있다.
강물은 가라앉지 않은 꿈을 멀리 흘려보내고
그리운 것들이 물살처럼 울컥 쏟아진다
끝없이 짙어가는 단풍의 갈라진 몸을 만지며

곧 서리가 내릴
한 해의 모퉁이를 돌아가야 한다
나는 자꾸 뒤를 돌아본다

빈방

네가 없는 방은 어둠과 싸늘함이 교차 중이다

내 품에서만 놀던 것이
더 커서는 내 치마끈만 잡던 것이
고등학생 되어 입술 칠한다고 뭐라 했더니
바락바락 말을 물고 늘어졌다
날마다 오는 택배 상자를 하나 열어봤다고
말이 천장을 울리고 바닥을 쳤다.

일 년 전 책상 위 화장품을 너저분하게 흘러놓고
남친 만나러 나갔다가
네 뒤꿈치에서 향기가 뽀송뽀송 올라온 날
내 마음은 부글부글 연기가 피워 올랐다

빈방을 남겨놓고
너는 남친 이름을 남편으로 바꾸더니
또 다른 세상을 향해
내가 감싸주던 흙을 모종삽으로 떠서
씨앗을 품고 떠나갔다

너의 빈방에 들러보면
엄마, 부르는 목소리 아직 들리는 것 같은데
오래된 적막이 벽에 걸려 있다
네 옷을 걸었던 못들을 아직 뽑히지 않은 채
무엇을 기다리는 것 같다
적막한 방 한 칸
방문 앞에 나는 오래 서 있었다

사랑

한 번 톡
건너왔다 가더니
날마다 조금씩 늘려가며
심장을 두드린다

단단하고 차갑고 빈틈없던
이 가슴에서 깃발이 흔들린다

언제부터였을까
잊고 살아왔던
그러나 잊어서는 결코 안 되는
언어가 심장에서 마구 뛴다

사랑…….

5부

인기척

유월

구름 떼 종종걸음으로 산허리 돌아갈 때
들녘을 휘감고 올라오는 초록빛
햇살이 탱탱하게 11시를 붙잡고
이파리들은 쉬는 시간이라며
푸른 교실에서 우르르 몰려나온다
담장 위 얇은 녹색 치마 걸치며 입꼬리 올린
장미꽃이 소녀처럼 웃는다
학교 안 가고 동네 어귀에서 놀다 왔을 벌 한 마리
나리꽃 꽃술에 앉아 배 채우며 웃는다
멀리 사래질 친 무논에
뻐꾸기 울음소리가 뻐꾹 뻐꾹
농부보다 먼저 모를 심는다
처마 밑 제비 한 쌍
꼬리를 바짝 들며 앞마당 서너 바퀴 돌고
참새 몇 마리 청양고추 지주대에 앉더니
유월의 푸름을 쪼아 먹는다
바람결에 머리카락 쓸어내리는 버드나무
건강한 유월의 햇살을 밟아본다
먼 산이 무심하게 다가온다

짝사랑

꽁꽁 언 바다에
너는
낚싯대 바늘 툭툭 던지더니

향기 나는 꽃 놓아두기도 하고
라디오에서 흘러나오는 음악을 들려주었고
토끼풀꽃 반지를 만들어 책상에 놓기도 했지

그래도 반응이 없자

친구들 귓속에 은하수를 꿰어놓더니
늦은 밤 세찬 바람 일으켜 놓고 도망가고
네 가슴을 쾅쾅 돌로 치기도 했지

그렇게 수많은 마음 놓고 가더라

내 바다는 깊고 어두워서
너를 받아 줄 수가 없는데
자꾸만 자꾸만
열어 달라고 낚싯대 드리우더라

눈물 꽃

보슬비 내리던 날

우산도 없이
비탈진 산길을 걸어간다

저 마을 끄트머리에 사는 팔순 노모가
굽어진 허리로
목에다 거름통을 메고
비탈진 무밭으로
비틀거리며 걸어가고 있다

도리소반에 식은 밥 덩이
풋고추와 된장 놓고 도란도란 둘러앉아
밥풀처럼 흘리던 이빨 빠진 그 웃음

산다고 산 자리마다
보슬비가
눈물 꽃이 되어
마음으로 스며들던 오후

산사山寺에서

풍경이 흔들릴 때마다 부엉이가 우는 밤
종소리가 밤공기를 깨우며 산사의 문을 연다
무릎으로 고요를 누르고 합장하는 자리

목탁 소리가 수많은 귓불을 때리며
스님의 독경이 옷자락 휘감아 돌고
기도는 부처님 손바닥에서 미소로 피어난다

땀으로 번들거리는 숨소리를 목구멍에 넣으며
난파선 위에 올려진 마음으로 오체투지
살아 숨 쉬는 일이 무탈해지기를 기도한다

방석에 우물을 파는 108배가
축축한 옷 사이로 새벽빛을 끌어오기 시작한다

브라보콘

너는 항상 그곳에 있지
난 날마다 너에게 달려가

너를 만나면 그 차가운 눈빛에 반해
너를 만지면 손끝으로 전해지는 쾌감

내 혀끝에 부드럽게 녹기 위해서
넌 얼마나 오래 얼어 있어야 했을까
그래서 널 깨물어야 할지 핥아야 할지
짜릿한 고민이지만

내 입술로 너를 맛보는 순간
솜사탕이 되었다가 향기 가득한 꽃이 되어
입안을 가득 채우지

목으로 넘어가는 달콤함을 아는 순간
참을 수 없지
하나 더

딱딱한 의자에 앉아
몰캉한 너를 자꾸 떠올리면서

불면

머릿속
벌레 한 마리
엎드려서 울어댄다

캄캄한 방 안에
덜커덩거리는 유리창

새벽을
맞이한 후에
눈물도 마른 꽃이 된다

봄, 찍다

바람에 몸을 뉘며 유채꽃밭을 잡는다
한 상 차려진 밥상 위
벌떼의 환호성이 즐거워 보여
첫눈에 셔터를 누르고
향기 나는 방석 깔고 앉았더니
쏟아지는 햇살이 이마를 덮고
버드나무 잎이 어깨 두드린다

먼 언덕 초록빛 테두리 삼아
황톳길을 포인트 잡고
날아가는 구름 꽁무니와
선 없는 유채꽃 물결을
렌즈에 옮길 때
4800만 화소의 남녀 웃음소리가
유채꽃 향기 속으로 스며든다

유채꽃이 나를 찍는 봄

숨바꼭질

꼭꼭 숨었으면 머리카락 보이지 않을 거야

벽을 밀치는 순간 가슴을 열어야지
신경을 곧추세우고 내비게이션 돌리며
감춰진 허공과 숨어버린 공허
너를 찾아야 하는 일

명사들은 그대로 남고
동사들은 꼭꼭 숨었다

명사의 허리를 돌고 돌아
손가락 끝으로 슬쩍 조사를 들춰 찾아내면
얼굴을 붉히며 형용사도 옷자락을 드러낸다
범인을 검거하는 형사처럼 살며시
발자국도 죽이며 동사가 숨은 자리
좁혀 들어가다 보면
굴렁쇠 데구루루 굴러가다
멈춰서 숨은 구석
하늘이 보이고

뒤집힌 땅이 보이고

잡았다 동사!

그녀의 집

녹슬고 헌 대문 밀치면 후두염 걸린 소리가 난다
뒤뜰에서 목울대 높이는 까치가 손님맞이 인사하고
수다스러운 늙은 감나무는 푸른 새잎을 달고 있다
햇살이 능청스럽게 몸 비비며 토방에 앉아서
누더기 걸친 마루에 놓인 신문지로 읽고 있다

인기척에 미닫이가 쿨럭대며 삐거덕 열리고
입가에 움푹 팬 주름살을 곱게 올리며
그녀는 환한 얼굴로 웃음의 결을 편다
댓돌로 퍼져나간 웃음이 마당 풀꽃 위로 내려앉고
그 향기 남실거려 고샅길 나비도 찾아온다

늙은 고목 나무 같은 할머니가 내 손을 잡는다
부엌에서 혼자 불씨를 헤집던 반쯤 탄 부지깽이 같은
얼굴
군불 때고 밥 짓던 아궁이처럼 잠시 따스해지는 눈빛
잡히지 않는 주름살이 저물어 가는
그녀 생生의 꽃이 되어 앉았다
봄볕 환한 텃밭에는 쪽파가 파랗게 물오르고

봄 햇살 업고 손길 닿지 않는 장독대
마당 곁 가로질러 능청거리는 빨랫줄에 흰 버섯 두 짝
파란 하늘 아래 하얗게 흔들린다

골방에 있던 음료수 건네며 불그레 웃음 띤 얼굴
찾아와 고맙다는 마카롱 같은 그녀의 말
울컥이는 목 너머로 주섬주섬 먹는다

목포는 항구다

이른 새벽
문드러진 좌판 위 널브러져 누운 조기에게서
다다미방 비릿한 노총각 냄새가 난다

파시를 이룬 선창 골목길에
허기진 조기의 아가미는 물살 대신 햇살을 먹고
목선의 삐거덕거리는 관절 사이로 날아다니는 갈매기들
칼질당한 활어의 지느러미에서 비린내가 묻어난다
젓갈보다 짭짤한 삶의 건더기들이 간간하게 삭혀진다

소금기에 몸살을 앓는 가로수 아래
녹슨 어구들처럼 널브러져 꾸벅꾸벅 조는 햇살
희망호는 만선을 내려놓고
또 한 번의 만선을 위해 닻을 다시 올린다
물길을 헤치면서 용머리를 돌아서는 배 한 척을
관절염 앓은 항구가 상현달로 배웅한다

멀어져 가는 배를 정처 없이 보다가
낡고 비릿한 골목길 타박타박 걸어가는데

항구의 노랫가락이 어깨를 두드린다
내 몸도 어느새 짭짤한 젓갈이 되어
갯내음에 서럽게 살아온 비린내를 풀어본다

아무도 오지 않는 정류장

세월이 놓고 간 정류장이 있다.
날아드는 먼지가 빈자리에 누렇게 내려앉아
들고 있던 신문지 낱말을 엉덩이에 깔고 앉았다
먼지만 매만지던 햇살이 살그머니 물러나 앉는다
나비 한 마리 날아가고
정류장 안 귀퉁이에 풀꽃이 헤실헤실 웃고 있다
"나 왔다 간다"
푸르게 기다렸을 문장 하나가
바로 아래에 숫자 몇 개 붙이고 마침표 찍혀 있다

가끔 지나가는 바퀴 소리 들을 때마다
환한 꽃이 되었다가
멈추지 않는 뒷바퀴에 떨어지는 꽃잎이 되는
기다리다 더 기다리지 못해
침묵이 깊어지는 시간
쓰러져가는 마음을 나무 의자가 받아준다
세월은 저 멀리서 완행버스로
천천히 왔다가 먼지만 일으키며 지나간다

빈 벽을 채운 글씨가
떠나지 못한 발길을 잡는 정류장
텅 빈 바람이 내 마음을 쓸고 있다

마스터

갯벌을 남겨놓고 물비늘 업고 떠난 바닷물이
먼 섬의 허리 붙잡고 수작질하면
마스터는 사냥터로 향한다
말랑거리는 갯벌에 장화 깊숙이 찔러넣고
들숨과 날숨의 구멍
그 깊이와 거리를 직감으로 재가며
최대한 허파를 열어 숨 가두고
근육질로 다져진 어깨로
첫 삽을 최대한 깊게 꽂아
낙지가 들락거린 숨구멍을 허물기 시작한다

한 번으로 수척해진 구멍 물길 따라
쫓는 자는 심장 소리마저 가두고
쫓기는 자는 어디든 숨어야 한다
첫 삽의 위력과 끝 삽의 힘을 유지하면서
한 뼘의 간격으로 결속을 끊는다
갯벌을 찌르는 삽의 공명 소리 끊어지지 않게
빠르고 정확하게 파면
여섯 번째는 부드럽고 고요한 아방궁이 열린다

참았던 숨을 갯벌 위로 노랗게 뱉으며
꿈틀거리는 낙지를 꺼내 든다

짠 냄새가 물씬하게 갯벌에서 꼼지락거리고
사내의 깊게 파인 주름살에 열꽃이 핀다
고무 대야에 달라붙은 낙지들을 밀어 넣으며
마스터는 펄이 붙잡고 있는 고무장화를 뺀다

어머니

머리카락에 붙은 햇살이 찰랑거린다
소슬바람이 등을 밀어 배웅한다
춥다고 따라 나오지 말라고 몇 번을
당부하고 나오는 길
구두 소리가 신작로 위에서 구른다
목덜미가 축축해 쓰다듬다 알아차린다
고개 숙이면 숙일수록 더 밀려드는 회한
뜨거운 숨을 이빨로 문다
뒤돌아보지 말아야 한다
자꾸만 무거워지는 발바닥에 힘줘본다
눈을 질끈 감고 보폭을 넓힌다
뒤돌아보지 마, 뒤돌아보지 마
입 밖으로 나온 말이 처진다
골목길 끝 집 담벼락에 기대어
굽어지는 허리 펴며 그렁그렁한 눈으로
딸아이 등을 물끄러미 보고 있을 것이다
행여나 뒤돌아보면
관절염 가득한 손 들어 흔들어 줄 준비하며
한두 번 아니니까 이번만큼은 단단해야 해

텁텁한 목구멍으로 마른 먼지 쑤셔 넣고
붉어진 눈망울 꾹꾹 닫아걸며
어머니에게서 더 빨리 멀어진다

희미한 낮달의 무게가 고개를 못 들게 하던 날

인기척

바람은 녹슨 대문을 가끔 흔들어놓고
칠 벗겨진 대문은 오래된 손길을 떠올려본다

마당은 돌담을 끌어안고
돌담은 비바람에 모서리를 내주어
어디선가 이사 온 풀씨가 발자국이 사라진 곳마다
뿌리 내리고 주인 행세한다

마루 위를 힐긋 넘보던 햇살을 밀치고 앉는다
낡은 지게를 보면 아버지가 탄탄한 어깨로
금방이라도 지고 일어설 듯
마른 지 오래된 수돗가에는
무청을 다듬는 엄마 모습

냄새마저 사라진 외양간 낡은 빼대에
햇빛이 송아지처럼 앉아 있다

어둠이 서서히 내리면
더 큰 적막이 여기저기 피어나며

사람의 흔적을 지우는
여기 남루한 집 한 채

담쟁이

담벼락에 새파란 잎
햇살 들 때마다
반짝반짝 윤기 난다

바람에 들추는 잎이
새색시 고운 볼 같아
이파리를 매만질수록
내 마음도 파랗게 물들고

너를 그리워하는 마음도
이렇게 무성하게
번져가는 봄

■ 해설

조화와 상생을 모색하는 식물적 상상력과 휴머니티의 시학

박 성 민(시인)

1. 상처 입은 영혼과 소외된 풍경에 대한 비망록

강덕심 시인의 시를 읽으며 그가 경험한 세계를 응시해본다. M. 아널드가 말한 "시란 본질적으로 인생의 비평"이란 점에서 강덕심 시인의 시는 자신의 경험세계에 대한 보고의 형식이자 그 경험에서 비롯된 깨달음의 산물인 셈이다. 강시인은 자신이 경험한 시적 대상 속에서 자의식의 공간을 객관적으로 들여다보는 눈을 가졌다. 따라서 그는 시적 기교에 힘을 기울이기 보다는 시적 상황을 정직하게 진술함으로써 공감의 영역을 확장하고자 한다.

이러한 측면에서 강덕심 시인의 시는 화려한 기교나 번뜩이는 묘사와는 거리가 멀다. 기화요초가 만발하는 시단에서 어떤 작품은 일견 단순해 보이기까지 한다. 그러나 이는 시적 상황을 최대한 정직하게 말하려는 그의 성격 탓으로 느껴진다. 자신의 체험이나 아픔을 다소 과장하려는 시편들로부터도 멀찌감치 떨어져 있다. 따라서 그는 한바탕 현란하고 거센 언어의 태풍이 지나간 후의 정적 같은 허무함을 느끼지 않아도 되는 시인이다.

강덕심 시인은 등단한 이래 농촌 생활 속에서의 삶과 주변을 둘러싼 사람들, 식물 등을 집중적으로 써오고 있다. 대체로 그의 시는 자기 삶의 편린들, 상처 입은 영혼들, 소외된 꽃과 주변 환경들을 고요히 끌어안고 어루만지면서 우리 삶의 비상구 없는 슬픔의 통로를 어떻게 찾아가는지를 생각하게 한다. 그의 시편을 읽다 보면 시인이란 우리 세계의 소외된 풍경을 그려내고 끝없이 자아 성찰하면서 그 슬픔과 외로움을 기록하는 존재임을 깨닫게 된다. 그가 체험한 삶이 진솔하게 형상화된 시집으로 들어가 본다.

2. 사라져가는 것들에 대한 그리움의 시학

현대 물질문명은 하루가 다르게 급변하고 있다. 현대사회는 인간을 어디로 이끌고 있는 것일까? 생각하거나 음미할 틈조차 주지 않을 정도로 빠른 음악과 랩, 도저히 여백의 미라고는 찾아볼 길이 없는 대중음악과 대중문화는 현대인을 어떤 혼돈의 나락으로 이끄는 것일까? 과거의 전통에서 오늘의 문제를 해결할 수 있는 통찰적인 지혜를 빌려와야 하지 않을까. 그래서 강덕심 시인은 사라져가는 것들에 대해 안타까움과 그리움의 눈빛을 보낸다.

첨단 과학의 시대일수록 우리가 떠나온 자연과 고향은 인간 삶의 본향으로서 중요한 의미를 지닌다. 이러한 점에서 강덕심 시인의 시는 토속적 언어의 질감을 최대한 살리면서 전통적인 자연관과 함께 생명의식을 표출하고 있다. 일상의 장소였지만 사라져가는 고향집과 그것을 둘러싼 풍경들, 그 소리와 느낌 등을 되살려보고자 한다. 마음의 안식처이자 안락을 주던 고향 공간과 그곳에서 나눴던 정과 사랑의 기억들마저 점점 사라져가는 것을 안타까워하며 그 정경들을 시로 복원하는 다음 시편을 살펴보자.

조릿대 우거진 좁은 길
희미한 인기척에도 고샅까지 들리는
컹컹컹 개 짖는 소리
바람만 드나드는 대문 없는 집에
천근쯤 되는 발을 집어넣는다

토방 아래 하얀 고무신 한 켤레
비스듬히 앉아 그리움을 먹고 있다
어머니 발을 들어 토방 끝 모서리에 올려놓는다
녹이 핀 문고리를 세월이 붙잡고 있어

축축한 눈물로 방문 열자
뒤틀린 문짝이 뒤뚱거리며 열린다

눈빛만 봐도 까르르 웃던, 표정 몇 개
구멍 뚫린 뒷문 창호지로 우르르 빠져나간다
짙푸른 대숲 너머 노을의 그을음이
까맣게 내려앉는 부엌 아궁이에 앉아서
삭정이 부러뜨리면서 슬픔을 삭히던 어머니가
부스스 일어설 듯한데

이빨 빠진 돌담에 내려앉은 나비 한 쌍이
헐렁한 옛집에 수채화를 그리고 있다

–「고향집」 전문

강덕심 시인이 지향하는 자연 친화적 세계관과 토속성은 유년의 고향 공간에 대한 그리움의 표상임과 동시에 그러한 것들이 사라져버린 고향에 대한 결핍된 욕망을 드러내는 것이다. 공간이나 장소는 인간과 상호작용하면서 그 의미가 더 강화된다. 유년에 경험한 공간에 대한 기억은 무의식에 저장되어 성인이 된 후에도 그리운 공간으로 떠오른다. 따라서 강덕심 시인이 가장 애착을 갖는 장소, 즉 '장소애'라고 불리는 토포필리아topophilia는 '유년의 고향 집'이 될 것이다.

이러한 의미에서 '고향집'은 "조릿대 우거진 좁은 길"이라는 공간에서 "컹컹컹 개 짖는 소리"라는 청각과 함께 다가온다. 구멍 뚫린 창호지 사이로 어린 시절의 "눈빛만 봐도 까르르 웃던, 표정 몇 개"를 그리워하는가 하면, 부엌 아궁이 앞에 쪼그리고 앉아서 "삭정이 부러뜨리면서 슬픔을 삭이던 어머니"와 같은 가슴 저린 과거를 회상하기도 한다. '이빨 빠진 돌담'은 고향집의 현재 모습이면서 퇴락해버린 고향집의 풍경을 수용해야 하는 화자의 모습이기도 하다. 그래도 "헐렁한 옛집에 수채화를 그리"는 나비를 애써 바라보고 있는 화자의 의식 속에서 고향집은 "녹이 핀 문고리를" 잡고서라도 눈물로 말갛게 피어나는 곳이다.

세월이 놓고 간 정류장이 있다.
날아드는 먼지가 빈자리에 누렇게 내려앉아
들고 있던 신문지 낱말을 엉덩이에 깔고 앉았다
먼지만 매만지던 햇살이 살그머니 물러나 앉는다
나비 한 마리 날아가고
정류장 안 귀퉁이에 풀꽃이 헤실헤실 웃고 있다
"나 왔다 간다"
푸르게 기다렸을 문장 하나가
바로 아래에 숫자 몇 개 붙이고 마침표 찍혀 있다

가끔 지나가는 바퀴 소리 들을 때마다
환한 꽃이 되었다가
멈추지 않는 뒷바퀴에 떨어지는 꽃잎이 되는
기다리다 더 기다리지 못해

침묵이 깊어지는 시간
쓰러져가는 마음을 나무 의자가 받아준다
세월은 저 멀리서 완행버스로
천천히 왔다가 먼지만 일으키며 지나간다

빈 벽을 채운 글씨가
떠나지 못한 발길을 잡는 정류장
텅 빈 바람이 내 마음을 쓸고 있다

–「아무도 오지 않는 정류장」 전문

이 작품이 주목하는 것은 "세월이 놓고 간 정류장"이다. 한때는 많은 시골 사람들이 앉아서 버스를 기다렸을 정거장이지만, 지금은 "날아드는 먼지가 빈자리에 누렇게" 앉아 "가끔 지나가는 바퀴 소리"를 듣고 있을 뿐이다. 전반적으로 하강적 이미지의 시어들과 소멸의 정서가 주를 이루는 시는 정적으로 일관되기 쉬운데, 시인은 동적 이미지를 부여함으로써 시 전체가 비관적인 정서로 함몰되지 않도록 하고 있다. 즉 "나비 한 마리 날아가고"나 "풀꽃이 헤실헤실 웃고 있다" "환한 꽃이 되었다가"와 같이 낙천적인 부분이 그것이다. 물론 이 시의 지배적 정서가 "쓰러져가는 마음을 나무 의자가 받아준다"나 "먼지만 일으키며 지나간다" "떠나지 못한 발길" "텅 빈 바람이 내 마음을 쓸고 있다"와 같이 쓸쓸함과 안타까움이므로 앞에서 제시한 동적 이미지들은 오히려 이

시의 분위기를 더욱 쓸쓸하게 만드는 측면도 있다.

아무도 오지 않는 '낡은 정류장'은 세월을 회상하는 존재로 우리 사회의 노인 문제를 문득 되새기게 한다. 의자마저 빛바래고 낡은 채 먼지만 덮여 있는 정류장을 바라보는 화자의 정서는 현대성에 의해 소멸되어가는 과거에 대한 안타까움과 연민이다.

그래서 시인은 "연필심에 침 발라 꾹꾹 눌러쓰던 아이들"이 사라진 학교(「폐교에서」), "누군가 살다 떠난 마당에 도란도란 남은 목소리들"(「빈집」)을 들으며 "단단한 밤의 허공이 허물어지는 붉은 꿈"(「쥐불놀이」)을 꿈꾸고 있다.

이렇게 사라져가는 것들에 대한 안타까움과 연민은 사랑을 기반으로 한다. 이러한 정서는 "삐뚤삐뚤한 새싹들이 돋아난 노트"를 바라보는 눈빛(「어머니의 글밭」), "춥다고 따라 나오지 말라고 몇 번을 당부"해도 배웅하며 내 뒷모습을 바라보고(「어머니」) "영정사진에 들어가서도/ 무딘 호미로 그곳의 텃밭을 일구고 있을" 어머니(「호미」), "저만치/ 약봉지, 파스, 콜라, 내가 좋아하는 통닭을" 들고 오는 남편(「그래서 부부로 산다」), "남친 이름을 남편으로 바꾸"고 빈방만 남겨놓은 채 떠난 딸아이(「빈방」)에서처럼 어머니와 남편, 아이들에 대한 그리움과 사랑을 담은 시편에서도 형상화된다.

3. 꽃의 식물적 상상력과 존재론적 상징성

강덕심 시인의 시집을 관통하는 공통 화소話素는 식물 이미지이며 그중에서도 꽃이 큰 비중을 차지한다. 꽃을 통해서 우리는 세계를 바라보는 시인의 눈과 마주치게 된다. 즉, '꽃'은 피고 지는 것으로 생명의 원리를, 꽃씨가 만나고 헤어지는 것으로 사랑의 원리를, 탄생과 소멸로 고독과 존재의 원리를 드러내는 것이다. 이렇게 볼 때 꽃은 자연 속에 살아가는 모든 생명체의 표상이며 궁극적으로는 인간 존재의 객관적 상관물이 된다. 식물은 땅에서 수액을 끌어올려 생명의 원천을 만들어내며 그 주변에는 항상 흙, 바람, 햇살, 비처럼 생명력 넘치는 자연물로 가득하다. 이는 인간이 살아가는 모습과 다름없다.

강덕심 시인의 시에서 상상력의 중심이 되는 꽃은 주변에서 흔히 볼 수 있는 꽃들이다. 시인은 식물이 지닌 생명력과 교감함으로써 일상적 삶에 갇힌 자신으로부터 벗어나 새로운 통찰을 얻고 있다.

> 번지 없는 산기슭에 피었지
> 풀 비린내 사그라드는 공간을
> 새파란 잎으로 수놓는 구절초
>
> 실뿌리가 밀어 올린

가느다란 몸 세워
암술에 하늘빛 살며시 얹고
꽃잎 터트려
멀리까지 번지는 웃음

가을 하늘은 더욱 높아져서
양떼구름 밟으며 걷는데
늦게 온 편지처럼
몇 송이 꽃의 사연

－「구절초」 전문

이 작품은 구절초에서 발견한 삶의 의미와 가치를 형상화하였다. 구절초는 "번지 없는 산기슭"의 "풀 비린내 사그라드는 공간"에 피면서도 왜 자신이 여기에서 태어났는지를 탓하지 않고 자신의 자리를 "새파란 잎으로 수"놓는다. "가느다란 몸 세워/ 암술에 하늘빛 살며시 얹고/ 꽃잎 터트"리는 것이다. "멀리까지 번지는 웃음"은 청각을 시각화한 공감각적 이미지인데 이를 통해 타인과 더불어 살아가는 삶의 아름다움과 가치를 형상화한다. 이렇게 '구절초'는 심미적 완상의 대상이 아니라 화자의 삶에 대한 인식을 일깨우는 감각적 대상물로 발현한다. 화자는 이러한 인식 속에서 더욱 높아지는 가을 하늘을 보며 "양떼구름 밟으며" 걷는다. 그리고 우리네 삶도 "늦게 온 편지처럼" 반가워지리라는 통찰에까지 이른다.

꽃 이미지는 다음 시에서 인간의 삶에 대한 연민과 공감을 통해 인간성을 회복하는 차원으로 확대된다.

달빛도 없는 밤

하얀 면사포 쓰고
꽃잎 말아 올리듯 순한 속눈썹
꽃망울이 터지는 소리
수화기 너머로
울음이 밀려왔다

가지 끝에서 홀로 오랫동안 흔들리다
바람결에 저를 놓아버리고 싶다는
몽골의 초원
그 어디에서 시집온 그녀
꿈마다 고향을 헤매는지 잠꼬대가
가늘게 이어지는 봄밤

여린 불빛 가로등 옆에서
목련이 진다

솜털 보송한 꽃눈이 진다

–「목련 그 여자」 전문

화자는 "달빛도 없는 밤"에 "하얀 면사포 쓰고/ 꽃잎 말아 올리듯 순한 속눈썹"의 목련을 바라보며 몽골의 초원에서 우리나라로 시집온 그녀를 떠올린다. "꽃망울이 터지는 소리"와 한밤중에 전화해서 "수화기 너머로/ 울음이 밀려"오는 소리를 오버랩하고 있다. '하얀 목련'은 첫날밤의 신부처럼 가장 순결하고 눈부시게 피어나지만, 속절없이 뚝뚝 떨어져 내리는 모습 또한 가장 처참한 꽃이다. 말도 통하지 않고 모든 환경이 낯선 나라에 와서 힘들게 살아가는 그녀는 "가지 끝에서 홀로 오랫동안 흔들리다/ 바람결에 저를 놓아버리고 싶"을 정도로 힘겹게 하루하루를 버티고 있나 보다. 추운 겨울을 견뎌내서인지 목련은 다른 꽃과 반대로 북쪽을 바라보며 핀다. 그래서 몽골 처녀가 "꿈마다 고향을 헤매는지 잠꼬대가/ 가늘게 이어지는 봄밤"이라는 언사는 무심한 듯하지만 안쓰러움을 담고 있다.

"여린 불빛 가로등" 아래에서 "솜털 보송한" 목련이 지는 모습은 몽골에서 온 한 여인의 모습만으로 한정되지 않는다. 이는 가난했던 우리나라 여성들이 낯선 이국땅으로 이주해서 뿌리내리며 살아야 했던 과거의 역사와 다르지 않다. '목련꽃'은 우리네 험난한 역사와 뼈아픈 현실에 대한 등가물로 형상화된다. 이렇게 강덕심 시인은 현실에 대한 감각적 구체성을 표출함으로써 독자들의 자각을 이끌어낸다. 꽃을 정태적 이미지로 묘사하는 차원에 그치지 않고, 그것을 우리 현실의 한복판으로 끌어들여 다층적인 상상력을 전개하기도 하는 것이다.

> 미세먼지 가득한 육교 위
> 시멘트 틈 작은 흙을 붙잡느라
> 실뿌리는 마디마디 옹이를 박았으리라
>
> 매연이 스칠 때마다 쿨럭이다가도
> 힘껏 뻗쳐 든 잎사귀가 초록을 물고 있다
> (중략)
> 거칠고 메마른 도시는
> 상처 난 아스팔트를 민들레꽃으로 치유한다
>
> –「민들레」 부분

시인은 "미세먼지 가득한 육교 위"라는 도시 공간에서 "시멘트 틈 작은 흙을 붙잡"고 피어난 민들레에 주목하고 있다. 작은 실뿌리를 내릴 약간의 흙만 있으면 뿌리 내리는 것이 민들레지만, 열악한 환경 속에서도 살아남기 위해 "마디마디 옹이를 박았"을 민들레의 모습은 생명에 대한 외경심을 느끼게 한다. "매연이 스칠 때마다 쿨럭이다가도/ 힘껏 뻗쳐 든 잎사귀가 초록을 물고 있"는 모습은 현대문명에 대한 비판적 인식을 적시한 언명言明으로 생태시의 면모를 보여준다. 사람들의 꿈을 키워주던 자연은 이제 도시 문명의 매연 속에서 쿨럭이고 있는데, '민들레'는 도시의 공해 속에서도 "힘껏 뻗쳐 든 잎사귀"로 아주 작으나마 초록을 물고 있다. 이는 각박한 도시에서 꿈을 잃지 않고 살아가려는 현대인들과도 같다. 자연과 인간의 꿈을 잠식하고 있는 도시의 현장을 시인은 예리한 시선으로 잡아낸다. 그래서 화자는 인간의 문명을 "거칠고 메마른 도시"로 보고 있다.

하늘을 열고 봄이 오고 있다

빗방울이 마른 땅을 두드리자
땅도 화답하듯 연한 초록빛 얼굴이
들판에 산에 돋아나고 있다

눈 부신 햇살은 여기저기 헤집으며 깨운다
바람도 느긋한 마음으로 살랑살랑
두꺼운 외투를 벗어 던지라 한다
구름 몇 송이가 파란 하늘로
정처 없는 발걸음을 옮기기 시작한다

새집 근처에 싱그러운 노랫소리가
나비 날개에 음표의 무늬로 들어박힌다

새파란 새잎들이 들썩이고
도드라진 입술마다 꽃을 내미는 시간
봄이 암팡지게 붓을 움직여

푸르고 싱싱한 수채화를 그린다

나도 느릿느릿 호미를 들 준비한다

–「봄, 읽다」 전문

감각적이고도 사실적인 묘사로 시적 대상에 생명을 불어넣는 시다. "두드린다" "돋아난다" "깨운다" "발길 옮긴다" "들어박힌다" "들썩인다" "내민다" "그린다" 등 동사를 시 속에 자연스럽게 용해함으로써 역동적인 심상으로 봄의 정경을 실감 나게 묘사하고 있다. 농촌의 초봄은 겨우내 꽁꽁 얼어서 "두꺼운 외투"를 입고 있다. 봄비가 "마른 땅을 두드리"고 "햇살이 여기저기 헤집으며" 깨우자 연한 초록빛 새싹이 돋아난다. 새집 근처에서 떠돌던 "싱그러운 노랫소리가/ 나비 날개에 음표의 무늬로 들어박힌다"라는 묘사가 매우 감각적이다. 봄이 붓을 움직여 "푸르고 싱싱한 수채화를 그린다"라는 진술 역시 추상적인 '봄'에 인격을 부여하여 능동적인 초봄의 활기찬 분위기를 환기하고 있다. 이러한 봄의 활력은 화자에게 "느릿느릿 호미를 들 준비"를 하게끔 만드는 힘을 부여한다. 물활론적 세계를 넘어 인간적 맥박이나 호흡과 같은 생명력과 융화되면서 독특한 시적 분위기를 형성하는 것이다.

그런데 마지막 한 행을 제외하고 이미지로만 구성된 이 시는 어떤 존재의 의미가 있을까? 옥타비오 파스가

『활과 리라』에서 말했듯이 이미지는 수단이 아니라 목적이며, 이미지 자체가 의미이다. 말하자면 시인이 드러내고자 하는 이미지 자체가 시인이 말하고자 하는 의미의 정수이며 핵심이 된다. 강덕심 시인의 이 작품 속에서는 시적 대상이 확대되고 화자는 최대한 소멸됨으로써 자연스럽게 시적 대상과 화자가 일체화되는 감각적 체험을 독자에게 부여한다. 봄에 활기를 띤 자연물들은 화자 자신이며 궁극적으로는 독자의 기억 속에 아른거리는 봄에 대한 기억이 되기 때문이다.

"몸집도 작은데 이름만 거창한/ 큰개불알꽃"을 "허리가 빼근하도록 고개 숙여" 바라보는 화자(「큰개불알꽃」)나 "탱글탱글 올라오는" 풀꽃들이 "여기저기 꽃봉오리 내밀"며 돋아나는 것을 보며 방긋방긋 웃는 노모(「풀꽃 2」)는 작은 풀꽃에서도 생명의 소중함을 인식하고 경이로움을 느끼는 존재다. 그러기에 "호미로 풀을 매다가/ 뿌리내린 목숨들을 뽑아 버리는 내가/ 자꾸 미안해지는 오후"(「텃밭에서」)를 반성하게 된다.

이상에서 살펴본 바와 같이 강시인의 시는 식물의 덕목을 내면화하고 인간적인 삶과 결합하여 생명력을 부여한다. 그럼으로써 시적 자아는 식물 이미지에서 발현된 상상력을 토대로 주체의 자각과 갱신을 모색한다. 강덕심 시인은 꽃을 통해 이 땅을 살아가는 모든 존재에게 공생과 화합의 손길을 내밀고 있다. 그의 시 속에서 사물들은 존재와 존재의 경계를 허물고 공존하며, 인간과 사물 역시 수직적 관계를 허물고 수평적인 관계로 회복된다. 따라서 그의 시에 내재된 식물 이미지들은 개인적 층위를 넘어 사회 전체와 소통하며 융합하는 미학을 보여주고 있다고 할 수 있다.

4. 힘겨운 삶에 대한 휴머니티의 시학, 그 공간의 풍경들

시인이 그려내는 '공간'은 인식론적 공간으로, 의식의 내적 공간이다. 시 속에 나타나는 공간 이미지는 구체적 사물과 대상의 이미지를 변형하고 재창조하는 정신활동으로 확장된다. 그러므로 시에서 공간에 대한 인식을 살피는 일은 자아와 세계, 또는 존재와 세계라는 상호관련 속에서 내면 정서와 시대정신이라는 무한한 지평으로 확장된다. 따라서 시에서의 공간을 분석하는 일은 시인이 응시하는 세계를 읽어내는 작업이 된다. 강덕심 시인의 시는 그가 살아가는 농촌이라는 공간을 작품 속에 오롯하게 담아 형상화하고 있다. 그의 시에 나타난 공간은 농촌 마을의 미용실, 농촌의 노동현장, 고향집, 고샅길 등 소박하지만 농민들의 숨결이 생생하게 느껴지는 곳이다.

아따 그런 것이 아니랑께
아니 약속을 했는디 우뜨게 그렇게

사람을 다른 디로 그리 빼 돌리믄 쓴당가

들판에 퍼지는 붉은 햇살을
온통 뒤집어쓰고는
얼굴이 점점 붉어지는 아재

전화를 붙잡고 돌고래 입술로 소리친다
(중략)
앞 언덕은 멀리 보이고
뒤 언덕은 가까운데
뼈와 땀으로 일구어낸 논바닥
점점 얇아지는 다리에 장화를 간신히 신은 아재
이젠 농촌에 일할 사람이 없다는 사실에
아재의 형형하던 눈빛이 점점 캄캄해진다
헐렁한 어깨를 툭 치며 바람이 지나간다

–「빈 들녘」 부분

농촌의 인력 부족 현상은 어제오늘의 일이 아니다. 한국인 노동자들의 농업 기피 현상이 심각한데다 외국인 노동자들마저 부족하기 때문인데 이러한 문제들은 결국 급격한 인건비 인플레이션을 가져왔다. 인건비 인플레이션은 농민들에게 큰 부담을 주면서 우리나라에 체류하고 있는 외국인 근로자들의 배만 불려 주고 있다. 이 시는 전반부에서 인력을 공급해주는 업체와 통화하는 모습을 사실적으로 재현함으로써 생생한 현장감을 주고 있다. “들판에 퍼지는 붉은 햇살을” 흙먼지처럼 “온통 뒤집어쓰고” 얼굴이 붉어지는 아재는 인력난으로 고통 받는 우리 농부들의 현실을 대변하는 존재다.

한국인 노동자들은 아무리 돈을 더 줘도 땡볕에서 힘들게 일하는 농촌을 외면하고 차라리 공공 일자리 쪽으로 간다고 한다. 농촌 노동력과 공공 일자리 사업 수혜자인 고령층이 겹치기 때문에 농촌에선 그나마 농사지을 60대 인구마저 빼가는 셈이다. 그야말로 농촌에서 “인부 구하기가 하늘의 별 따기”라는 말이 나올 지경이다. “뼈와 땀으로 일구어낸 논바닥”에서 해야 할 일이 산더미처럼 쌓였는데, 이젠 다 늙고 쇠약해진 몸, “점점 얇아지는 다리에 장화를 간신히 신은 아재”의 형형하던 눈빛은 빈 들판처럼 절망감에 휩싸인다. 젊은이는 이미 농촌을 떠나버린 지 오래, 일할 사람을 찾지 못해 눈앞이 캄캄해지는 아재를 위로해주듯이 바람만이 “헐렁한 어깨를 툭 치며” 지나가고 있다.

삼각배미 논 일구느라
아버지 손에서는 손톱도 자라지 않았다

쉰 새벽을 옷깃으로 털어내고
아침 햇살 등짐처럼 지고
지게 위에 노을 지고 걸어올 때
마을의 개들이 모두 짖어대던

하얀 박꽃처럼 웃는 새끼들 입에
이팝나무꽃 가득 채워주려고
사시사철 손톱 아래 때가 빠지지 않던
아버지
보고 싶다

마지막에야 깎아드렸던
아버지의 손톱
아버지에게서 떨어져 나간 것들이
세상에 수북하다

– 「아버지의 손톱」 전문

다른 동물들의 손톱이나 발톱은 두껍고 날카롭게 자라는 데 비해 인간, 원숭이 등 영장류의 그것은 넓적하게 자란다. 손톱은 물건의 부위를 정교하게 집거나 가려운 등을 긁어줄 때 꼭 필요한 신체 부위다. 이 작품에서 보여주는 '손톱'의 이미지는 아버지의 힘겨운 삶과 존재론적인 고독이다. 새벽부터 저녁까지 고생한 "아버지 손에서는 손톱도 자라지 않았"고 그나마 조금 있는 손톱에서도 "사시사철 손톱 아래 때가 빠지지 않던" 아버지는, 가족들을 먹여 살리기 위해 희생한 우리 시대 모든 아버지들의 이야기다.

"쉰 새벽을 옷깃으로 털어내고/ 아침 햇살 등짐처럼 지고"에서 '신새벽'이 아닌 '쉰 새벽'이라는 표현, 그리고 대부분의 사람들에게 따스하게 느껴질 아침 햇살마저도 등짐처럼 지고 일터에 나가는 아버지의 모습에 주목하게 된다. 마치 아버지는 이 세상에 홀로 내던져진 인간 실존의 모습처럼 고독하게 살아간다. 아버지는 돌아가신 후 입관하기 직전 "마지막에야 깎아드렸던/ 아버지의 손톱"에서 느낄 수 있듯이 죽어서야 비로소 무거운 짐을 내려놓는 한 인간의 고단한 삶과 죽음을 보여주고 있다. '아버지의 손톱'은 아버지를 떠올리게 하는 기억의 매개체이며 아버지의 고단한 삶에 대한 상징이기도 하다. 이처럼 강심덕 시인의 시는, 희망과 절망, 삶과 죽음이라는 양면적 모습들에 대한 성찰을 담으면서 인간 존재의 근원적인 비애를 형상화한다.

그런데 강시인의 덕목은 이러한 비애를 서민들의 정겨운 삶이라는 휴머니티로 감싸 안는 데에 있다. 어느 마을에서나 그 마을의 소문과 수다의 진원지는 바로 미용실일 것이다.

> 미용실 간판이 돌면
> 멀리 살고 있던 삶들이 들어온다
> 거부감도, 낯섦도 내려놓은 시간
> 분무기 물이 머리카락에 이슬처럼 내려앉고
> 담 너머 숙이네 집 숟가락이 하나 더 얹었다는 말과
> 멀리 떠난 금자네 소식이 귀에 앉는다
> 핀 꼽은 머리카락에 대롱대롱 꽃이 열리면

앞집 아저씨 이야기가 머리카락 타고 줄줄 흘러내린다
에어프라이어에 나온 뜨거운 군고구마 베어 물면
동네의 하루가 뭉텅뭉텅 잘려나가기도 하고 볶아지기도 한다.
머리 위 동글동글 말아진 꽃을 떼고
온수 물이 머리를 벗고 나면
드문드문해진 이야기도 너무 자주 만져 말랑해진다
뽀글뽀글한 머리 위에서 다시 돌고 돌아
마실 나간 이야기들이 말려지고
서로의 낯선 귓불에 소문 하나씩 장착하고
모른 척 시치미 떼며 거울 속 얼굴 들려다 보는 사람들
전기난로를 달구던 주전자가 식어가자
미용실 간판을 끄는 그녀의 손가락에서
수다가 뚝 끊어진다
이야기의 유효기간은 다시 내일로 이어진다

– 「미용실에서」 전문

「미용실에서」는 강덕심 시인의 언어 감각이 돋보이는 시다. "미용실 간판이 돌면/ 멀리 살고 있던 삶들이" 미용실 안으로 들어오고 미용실 안에서는 수다를 통해 "동네의 하루가 뭉텅뭉텅 잘려나가기도 하고 볶아지기도" 한다. 이렇게 사물 너머의 세계를 그려내는 능력은 여느 시인들에게서나 흔하게 발견되는 것이 아니다. 숙이네 집이며 금자네 집 이야기에서부터 마실 나간 이야기와 같은 서민들의 사소한 이야기 속에 담긴 소망과 꿈을 정

겹게 그려내는 데에 성공하고 있다.

"드문드문해진 이야기도 너무 자주 만져 말랑해진다"는 표현도 재미있다. "서로의 낯선 귓불에 소문 하나씩 장착하고/ 모른 척 시치미 떼며 거울 속 얼굴 들려다 보는 사람들"은 마음을 터놓으면서도 잠그기도 하는 미용실의 미묘한 분위기를 흥미롭게 보여주는 부분으로 강덕심 시인의 언어 감각이 결코 녹록치 않음을 알 수 있다. "전기난로를 달구던 주전자"가 한동안 들끓던 이야기처럼 시들해지고 식어가자 미용실 간판이 꺼진다는 결말부, 그리고 "이야기의 유효기간은 다시 내일로 이어진다"는 여운은 독자에게 감칠맛 나는 시의 맛을 제공해준다.

강시인은 "동트면 가장 먼저 내게 와 손 내밀"던 "늙은 사내의 등"을 기억하면서(「지게」), "마신 술보다 흘려버린 술이 절반인"것이 우리의 삶이란 것을 알고 있다. 그렇기에 삶이라는 칼날이 난도질해도 낙지의 끊어진 다리처럼 우리의 꿈은 "사방으로 기어나간다/ 육체의 죽음을 받아들일 수 없다는 듯이"(「함평낙지」), "사는 것이 그냥 이렇게/ 미처 헹궈지지 않은 불안까지 밀어 넣고/ 한 세상 탈탈거리며 돌려보는"(「세탁기를 돌리며」) 우리네 삶을 조용히 응시하면서 그것들을 따스한 시선으로 끌어안는 것이다.

5. 낮은 곳의 삶을 응시하는 따스한 시선

강덕심 시인은 '상선약수上善若水'라는 『도덕경』의 말을 떠올리게 하는 시인이다. 물은 만물을 이롭게 해주지만 높은 곳을 흐르고자 다투지 않는다. 그의 시는 우리 시대에 힘겨운 삶을 견디며 살아가는 소외된 존재들, 사라져가는 존재들에게 따뜻한 연민의 시선을 보낸다. 그 존재는 때로 시인 자신이 되기도 하며 '지게' '호미' '함평낙지' '혀' '입술' '몽돌' '나무 솟대'와 같이 은유적 등가물이 되기도 하고 농촌의 힘겨운 삶, 그리운 고향의 사라져가는 자연물이 되기도 한다. 그의 시에서 읽히는, 순박해 보이는 무지개는 농촌이라는 빛과 어둠의 스펙트럼이 만들어내는 웃음과 눈물의 다른 이름이다.

강덕심 시인의 시가 보여주는 또 하나의 미덕은 시어 선택에 고심한 흔적이 여실히 보인다는 점이다. 이 고심의 흔적들은 바로 그의 시가 이룩한 현재의 모습보다 미래에 이루어낼 시의 미학을 더욱 기대하게 만드는 요인이다.

강덕심 시인의 시는 생과 사, 만남과 이별, 희망과 절망이 근본적으로 하나라는 인식에 닿아 있다. 힘겹게 살아왔던 아버지와 어머니의 삶, 끝없는 그리움과 외로움 속에서 농촌에서의 삶을 인내하며 살아가야 하는 시인의 삶도 결국 그 뿌리가 하나라는 인식을 내비치고 있다. 본질적으로 강시인의 시는 양면적 존재의 모습들에 대한 성찰을 담고 있으면서도 존재의 근원적인 모습을 드러내고 있다. 시인의 삶은 어쩌면 가시 많은 장미가 만발한 정원 같다. 그러나 어쩌랴. 시인은 고통과 좌절이라는 자양분을 먹고 사는 존재이며 시는 역설적이게도 그 고통 속에서 더욱 황홀하게 피어나는 것을. 시의 자양분을 우리가 사는 세상에 전달하고 있는 강덕심 시인의 시편이 치렁치렁한 가지를 뻗어 꽃 피우고 열매 맺는 고통의 축제에 더욱 치열하게 다가설 것이라고 믿는다.

황금알 시인선

125 서정춘 복간 시집 | 죽편竹篇
126 신승철 시집 | 기적 수업
127 이수익 시집 | 침묵의 여울
128 김정윤 시집 | 바람의 집
129 양　숙 시집 | 염천 동사炎天 凍死
130 시문학연구회 하로동선夏爐冬扇 시집 | 안개가 자욱한 숲이다
131 백선오 시집 | 월요일 오전
132 유정자 시집 | 무늬
133 허윤정 시집 | 꽃의 어록語錄
134 성선경 시집 | 서른 살의 박봉 씨
135 이종만 시집 | 찰나의 꽃
136 박종식 시집 | 산곡山曲
137 최일화 시집 | 그의 노래
138 강지연 시집 | 소소
139 이종문 시집 | 아버지가 서 계시네
140 류인채 시집 | 거북이의 처세술
141 정영선 시집 | 만월滿月의 여자
142 강홍수 시집 | 아비
143 김영탁 시집 | 냉장고 여자
144 김요아킴 시집 | 그녀의 시모노세끼항
145 이원명 시집 | 즈믄 날의 소묘
146 최명길 시집 | 히말라야 뿔무소
147 시문학연구회 하로동선夏爐冬扇 시집 2 | 출렁, 그대가 온다
148 손영숙 시집 | 지붕 없는 아이들
149 박　잠 시집 | 나무가 하늘뼈로 남았을 때
150 김원욱 시집 | 누군가의 누군가는
151 유자효 시집 | 꼭
152 김승강 시집 | 봄날의 라디오
153 이민화 시집 | 오래된 잠
154 이상원李相源 시집 | 내 그림자 밟지 마라
155 공영해 시조집 | 아카시아 꽃숲에서
156 미즈타 노리코(水田宗子) 시집 | 귀로
157 김인애 시집 | 흔들리는 것들의 무게
158 이은심 시집 | 바닥의 권력
159 김선아 시집 | 얼룩이라는 무늬
160 안평옥 시집 | 불벼락 치다
161 김상현 시집 | 김상현의 밥詩
162 이종성 시집 | 산의 마음
163 정경해 시집 | 가난한 아침
164 허영자 시집 | 투명에 대하여 외
165 신병은 시집 | 곁
166 임채성 시집 | 왼바라기
167 고인숙 시집 | 시련은 깜찍하다
168 장하지 시집 | 나뭇잎 우산
169 김미옥 시집 | 어느 슈퍼우먼의 즐거운 감옥
170 전재욱 시집 | 가시나무새
171 서범석 시집 | 짐작되는 평촌역
172 이경아 시집 | 지우개가 없는 나는
173 제주해녀 시조집 | 해양문화의 꽃, 해녀
174 강영은 시집 | 상냥한 시론詩論
175 윤인미 시집 | 물의 가면
176 시문학연구회 하로동선夏爐冬扇 시집 3 | 사랑은 종종 뒤에 있다
177 신태희 시집 | 나무에게 빚지다
178 구재기 시집 | 휘어진 가지
179 조선희 시집 | 애월에 서다
180 민창홍 시집 | 캥거루 백bag을 멘 남자
181 이미화 시집 | 치통의 아침
182 이나혜 시집 | 눈물은 다리가 백 개
183 김일연 시집 | 너와 보낸 봄날
184 장영춘 시집 | 단애에 걸다
185 한성례 시집 | 웃는 꽃
186 박대성 시집 | 아버지, 액자는 따스한가요
187 전용직 시집 | 산수화
188 이효범 시집 | 오래된 오늘
189 이규석 시집 | 갑과 을
190 박상옥 시집 | 끈
191 김상용 시집 | 행복한 나무
192 최명길 시집 | 아내
193 배순금 시집 | 보리수 잎 반지
194 오승철 시집 | 오키나와의 화살표
195 김순이 시선집 | 제주야행濟州夜行
196 오태환 시집 | 바다, 내 언어들의 희망 또는 그 고통스러운 조건
197 김복근 시조집 | 비포리 매화
198 시문학연구회 하로동선夏爐冬扇 시집 4 | 너에게 닿고자 불을 밝힌다
199 이정미 시집 | 열려라 참깨
200 박기섭 시집 | 키 작은 나귀 타고
201 천리(陳黎) 시집 | 섬나라 대만島/國
202 강태구 시집 | 마음의 꼬리
203 구명숙 시집 | 뭉클
204 옌즈(閻志) 시집 | 소년의 시少年辞
205 문학청춘작가회 동인지 2 | 그날의 그림자는 소용돌이치네
206 함국환 시집 | 질주
207 김석인 시조집 | 범종처럼
208 한기팔 시집 | 섬, 우화寓話
209 문순자 시집 | 어쩌다 맑음
210 이우디 시집 | 수식은 잊어요
211 이수익 시집 | 조용한 폭발
212 박　산 시집 | 인공지능이 지은 시
213 박현자 시집 | 아날로그를 듣다
214 시문학연구회 하로동선夏爐冬扇 시집 5 | 너를 버리자 내가 돌아왔다
215 박기섭 시집 | 오동꽃을 보며
216 박분필 시집 | 바다의 골목
217 강홍수 시집 | 새벽길
218 정병숙 시집 | 저녁으로의 산책
219 김종호 시선집
220 이창하 시집 | 감사하고 싶은 날
221 박우담 시집 | 계절의 문양
222 제민숙 시조집 | 아직 괜찮다
223 문학청춘작가회 동인지 3 | 고양이가 앉아 있는 자세
224 신승준 시집 | 이연당집怡然堂集·下
225 최　준 시집 | 칸트의 산책로
226 이상원 시집 | 변두리
227 이일우 시집 | 여름밤의 눈사람
228 김종규 시집 | 액정사회
229 이동재 시집 | 이런 젠장 이런 것도 시가 되네
230 전병석 시집 | 천변 왕버들
231 양아정 시집 | 하이힐을 믿는 순간
232 김승필 시집 | 옆구리를 수거하다
233 강성희 시집 | 소리, 그 정겨운 울림
234 김승강 시집 | 회를 먹던 가족
235 김순자 시집 | 서리꽃 진자리에
236 신영옥 시집 | 그만해라 가을산 무너지겠다
237 이금미 시집 | 바람의 연인
238 양문정 시집 | 불안 주택에 거居하다
239 오하룡 시집 | 그 너머의 시
240 문학청춘작가회 동인지 4 | 참꽃
241 민창홍 시집 | 고르디우스의 매듭
242 김민성 시조집 | 간이 맞다
243 김환식 시집 | 생각이 어둑어둑해질 때까지
244 강덕심 시집 | 목련, 그 여자